シフォン・リボン・シフォン

近藤史恵

朝日文庫

本書は二〇一二年六月、小社より刊行されたものです。

目次

本文イラスト　網中いづる

シフォン・リボン・シフォン

第一話

閉店しました。

スプレー缶の落書きにまみれたシャッターには、そう書かれた紙がぺらりと貼り付けられていた。

黒マジックの癖のある文字、隅にはとってつけたように「長い間のご愛顧に感謝いたします」と書かれている。

佐菜子《さなこ》は何度もその文字を読んだ。握りしめたスーパーの袋が急に重くなって、手のひらに食い込む。そういえば、今日はポン酢とサラダ油を買ったのだ。

閉店の知らせにしては、あまりにも適当だ。いたずらかもしれないと思い直す。

だが実際、「さわやか書店」のシャッターは下りている。定休日は火曜日で、今日は金曜日だ。

この近所にはほかに本屋はない。もし本当にさわやか書店が閉店してしまったのなら、川巻町《かわまきちょう》では本が買えないことになる。

隣町の清白台《すずしろだい》まで行けば、大きなショッピングモールがあり、その中に有名なチェーン店の本屋がある。これまでも品揃えは断然そちらの方がよく、佐菜子もさわやか書店に入っていなかったマンガの新刊を探しに、わざわざ足を伸ばすことがあった。

でも、そこには買い物やパートの帰りに寄ることはできない。

電車に乗ってそこまで行けるのは、パートがなくて、母の機嫌がいい日だけだ。

せいぜい、二週間に一度くらい。さわやか書店なら、パートや買い物帰りにほんのちょっと寄ることができた。

店内をひとまわりして、雑誌をぱらぱらとめくり、興味のある記事があればちょっとだけ立ち読みする。週に一冊、文庫本か雑誌を買うだけだから、決してお得意様と呼ばれるような立場ではなかった。

それでも、ここは佐菜子にとって大切な場所だったのだ。

パート帰りにここに寄ることで、気分を切り替えることができたし、なにより雑誌の中にはなんでもあった。

南国の砂浜や、珊瑚色の壁の家。はるか、先の先まで続く砂漠の写真。都会でしか売っていないおしゃれな服を着て微笑《ほほえ》む、手足の長いモデルたちや、人形のように顔の小さい、つるりとした男の子たち。川巻で生きている限り、そんなものは見ることもできないのに、雑誌だけはこんな小さな本屋にも配本されてくる。

もちろん、それらのほとんどは佐菜子には関係のない情報だ。

佐菜子はパスポートも持っていない。この先、海外旅行をする機会がないとは思わないが、それでもモルディブとかカンクンとかいう地名はあまりにも自分から遠い。一生行かない確率の方がはるかに高い。

少し太り気味の佐菜子には、モデルの着ているような服は入らないし、もしサイズがあったとしても滑稽なだけだ。顔の小さいかっこいい男の子は、佐菜子のことなど道ばたの石のように黙殺するだろう。

それでも情報だけは平等だ。それを必要とする人にも、必要としない人にも。

もちろん、佐菜子が必要な情報もある。

夕食代を安くあげる方法だとか、時間がかからず、しかもおいしいおかずの作り方だとか、それから糖尿病の新しい食事療法についてとか。

糖尿病なのは父だが、父の食事を作っているのは佐菜子だから、新しい情報は入れておきたい。

そうやって、数冊の雑誌をぱらぱらと見て、いくつかの記事を読む。それが佐菜子にとってのいちばんの息抜きだった。

立ち読みは申し訳ないが、佐菜子は忙しい。本屋にいるのはせいぜい、五分か長くて十分くらいのものだ。

なのに、これからその時間がなくなるのだと思っただけで、心が押しつぶされてしまいそうだった。

コンビニは駅の反対側だから、わざわざ駅構内を通って階段を上り下りしなければならない。宅配便を出しに行くときか、どうしても夜、必要なものがあるときにしか行かない。

同時に思う。

レジにいた奥さんは、しょっちゅうくるくせに、高いものを買わない佐菜子にも親切だったけれど、本当は経営が厳しかったのかもしれない。

佐菜子が働いているスーパーだってそうだ。

清白台のショッピングモールができてから、あきらかに売り上げは減った。混むのは夕方の決まった時間だけで、それ以外は閑散としている。清白台までは電車か車を使わないと行けないのに、川巻の人々もみんな休日にショッピングモールでまとめ買いをするようになってしまった。

閉店時間まで働いていれば、売れ残ったお総菜を持って帰ってもいいのだけれど、両親の夕食を作らなければならない以上、夜、八時まで残れるはずはない。

前は一日六時間の勤務だったけれど、それも四時間に減らされた。ただでさえ少ない収入が、また減ってしまった。

もし、スーパーまでつぶれてしまったら、佐菜子はどこで働けばいいのだろう。

いや、仕事ならば電車で通勤してもいいけれど、地元で買い物ができなくなるのは困る。

佐菜子が小さい頃は、この川巻商店街にはいろんなお店があった。八百屋や魚屋、箒《ほうき》やポリバケツなど生活に必要なこまごましたものを売っている雑貨屋、前を通るだけでいい匂いのする総菜屋、和菓子屋もあった。

それがひとつ、またひとつと無くなっていったのはいつ頃からだろう。

まだ三十二歳なのに、最近あまり記憶力に自信がない。

和菓子屋や雑貨屋が最初に消え、佐菜子が働く「きよやスーパー」ができてから、八百屋や魚屋が店を閉めた。

今はこの商店街も、半分近くが空き店舗だ。

今あるのは、きよやスーパーとパチンコ屋、ファストフードのチェーン店、いくつかの飲食店、パン屋とコーヒーの量り売りもする喫茶店、古い呉服屋やクリーニング屋、そのくらいだ。

もともと決して大きい商店街ではないけれど、半分くらいシャッターが閉まった姿はいっそう寂しく見える。

まさに、田舎の寂れた商店街という感じだ。それ以外のなにものでもないのだけれど。

閉まったままのシャッターにスプレー缶で落書きをする中学生もいて、わびしい空気は増すばかりだ。

テレビに映る東京は、なにもかも華やかで新しく、ぺかぺかと輝いているように見えた。中学や高校の同級生も、半分くらいは地元を離れてしまった。東京に行った子もいる。

佐菜子は川巻を離れたいとは思わない。自分は東京でうまくやれるようなタイプではないし、流行の服だって似合うはずはない。

佐菜子の望みは、この川巻できちんと就職すること、母親の介護がもう少し楽になること、それだけだ。それとできれば、仕事帰りに本屋に立ち寄る楽しみがあること。決して大きな望みではないのに、どうして思うようにはならないのだろう。

すっかり重く感じられるようになったレジ袋を持ち直して、佐菜子は歩き出した。やらなければならないことはたくさんある。早く家に帰らなければならない。

佐菜子の母が階段から落ちて、背骨を骨折したのは、佐菜子が大学三年生の春だった。

事故の知らせを聞いたときも、全治三ヶ月だと聞いたときも驚いた。三ヶ月も母がいないということは、家のことをほとんど佐菜子がやらなければならないということだ。

十歳年上の兄の重樹は結婚して家を出ていたし、妹のほのかはまだ高校生で、たいしたことはできない。

父は炊飯器のスイッチひとつ押したことのない人だ。出かけるついでにゴミ出しを頼んでも、ふんふんと生返事をしてゴミ袋に指一本触れずに出勤していく。

佐菜子がやるしかなかった。だれも食事を作らなければ、飢えてしまう。普通に生きていくだけで、汚れ物は山積みになる。掃除機をかけなければ、ほこりはふわふわと浮遊する。

三ヶ月だけ、三ヶ月だけ、そう自分に言い聞かせながら、佐菜子は頑張った。睡眠時間を削って勉強もした。早起きして、ほのかと自分のお弁当も作った。

だが、二ヶ月半が過ぎ、三ヶ月が過ぎても、母はベッドから起き上がることができなかった。

医者はリハビリ次第で歩けるようになると言っていたはずなのに、リハビリは遅々として進まない。

あとになって知った。動かない足を動かすためのリハビリは、想像以上に過酷で、心がつぶれて挫折してしまう人も多いのだと。

それなのに、そのとき、佐菜子は自分のことしか考えられなかった。自分がこんなに頑張っているのだから、三ヶ月後、母は昔と同じ身体で帰ってきて当たり前なのだと思っていた。

母の浪江《なみえ》は、家庭的でよく気のつく女性だった。家はいつもきれいに片付いていて、佐菜子が朝起きれば、彩りまで考えたお弁当が食卓に置いてあった。

だが、たしかに昔から根気の足りないところはあった。

冬になると、セーターを編むと言って、重樹や佐菜子たちの寸法を測るのだけど、いつもセーターが完成したためしはなかった。

そのセーターどころかマフラーにもならないような編み地が、編み棒に引っかかったまま、リビングに投げ出されているのだ。

近所の人に誘われて、俳句をはじめてみたり、カラオケ教室に行ってみたこともあったが、三ヶ月と続いたためしがない。

だが、まさかリハビリまで投げ出してしまうとは思わなかった。

毎日の献立を考えるのは苦痛でなくても、時間をかけて強《こわ》ばってしまった足を動かすのは、母にとって苦行でしかなかったらしい。

退院してからもしばらくは、週二回ほどリハビリセンターに通っていた。

水曜日と土曜日。水曜日はヘルパーに送ってもらい、土曜日は佐菜子がタクシーで連れて行った。

水曜日に学校から帰っても、リハビリセンターに行っているはずの母はいつも家にいた。

「早く終わったので帰ってきた」と母は言ったが、ヘルパーに確認してみると「頭が痛い」とか「だるくて起き上がれない」など理由をつけて、行こうとしなかったらしい。

土曜日も同じだった。

金曜日の夜から、「なにか熱っぽい」などと予防線を張る。そして土曜日の朝になると、「頭が痛くて風邪を引いたみたいだから行かない」と言い出すのだ。なだめたり、きつく責めたりしてみたが、どちらもまったく効果がない。泣き出してしまったり、「病気の母親を無理矢理、外に放り出すなんて」と怒り出すこともあって、どうすることもできない。

たぶん、母自身がリハビリを投げ出したことに負い目を感じていて、それから目をそらすために感情的に振る舞ったのだろうと、今になって佐菜子は思う。

ともかく、佐菜子が大学生のとき、母は寝たきりになってしまった。

介助がなければ、トイレに行くこともできない。上半身は動くから、自分で食事をすることはできるが、あとはずっとベッドに横になっている。

車いすに乗れば、外に出ることはできるが、母はそれすらも拒んだ。自分の姿を人に見られたくないということだった。

車いすで行動するのは、家の中だけ。しかもトイレなどは行けないのだから、長時間ひとりにしておくわけにはいかない。

父は家族会議で言った。

「佐菜子が大学を卒業するまでは、介護の人を頼もう」

それはイコール、佐菜子が卒業したらもう頼まないということだ。

たしかに、訪問介護の料金は決して安くない。毎日頼んでいれば、驚くような料金になってしまう。

もともと佐菜子の家は決して裕福な方ではない。母を介護施設に入れるような余裕はないし、さすがにそれは佐菜子にも抵抗があった。

そうなると、導き出される結論はひとつしかない。

佐菜子は就職をあきらめた。


郵便受けをのぞくと、ダイレクトメールに交じって、手書きのハガキが入っていた。

だれかが送ってくれるハガキは体温のようなものが感じられるから、郵便物の束の中でもすぐに気がつく。

引っ張り出すと、高校の友人の紀子からだった。

——ふたりめが生まれました。

やわやわとした作りたての和菓子のような赤ちゃんの写真の横に、そう印刷されている。

下には手書きで、こう書いてあった。

「翔《しょう》も赤ちゃん返りしちゃって大変。赤ん坊がふたりだよー」

翔というのは紀子の長男だ。たしかもう四歳になったはずだ。普通の子より大きいのだと紀子から聞いたことがあるから、赤ちゃん返りされるとよけいに大変だろう。

生まれたばかりの赤ちゃんがいるのなら、紀子の大変さは佐菜子以上かもしれない。

だが、すぐに気づく。

紀子には喜びがある。写真だけでも、微笑んでしまうくらい可愛いのだ。文句を言いながら、紀子は幸せを感じているだろう。成長を見守っていくのも喜びだ。

佐菜子にはなにがあるのだろう。そう考えると、ハガキを握りつぶしたいような衝動を覚えた。

家に入って、レジ袋をテーブルの上に置く。

ヘルパーの伝言を読む。いつもと同じ内容だ。昼食をちゃんと食べたこと、ほかに特に変わったことはなかったこと、最後に「トイレ（大）ありました」と書いてある。

それから買ってきたものを冷蔵庫にしまった。今日は刺身を買ったから、あとは昨日作った大根と厚揚げの煮物を出して、ほかに青菜のおひたしと味噌汁を作ればいい。

頭の中で献立を組み立てていると、奥の部屋から声がした。

「佐菜子、帰ってるの！」

声が少しとげとげしい。あわてて冷蔵庫を閉めて、奥に向かった。

浪江はベッドの上で起き上がっていた。

「なにしてるの！　トイレに行きたかったのに」

お帰りなさいという声もなく母は真っ先にそう言った。

ヘルパーが帰るのは午後四時で、そして今はまだ五時になっていない。そんなに責められるほど待たせたつもりはない。

買い物はしたが、本屋には寄れなかったのだから。

「ヘルパーさんにトイレ行かせてもらったんでしょ」

そう言うと、母は眉間に皺を寄せた。

「また行きたいの。トイレすら自由に行かせてもらえないの？」

浪江の身体をベッドから抱き起こして、ベッドの横に置いたポータブルトイレに座らせる。

最初はトイレまで行くと言い張ったが、五十五キロ以上ある浪江をトイレに連れて行くのは重労働だ。佐菜子が参ってしまう。

父と一緒に説得して、ポータブルトイレは受け入れてもらった。あと、大人用おむつを受け入れてくれれば、佐菜子はかなり楽になる。だが、頑として浪江は拒絶した。

浪江がポータブルトイレに座ると同時に、尿の匂いが立ち上ってくる。飲んでいる高血圧の薬のせいか、自分のとは違う不思議な匂いがする。普通に生活していれば、自分以外の尿や糞便の匂いを嗅ぐことはない。だが、介護をしていれば、それは常に身近にある。

生きている匂いだ、と佐菜子は思う。

きちんと風呂に入れているのに、母の身体からはいつも湿ったような匂いがする。それも生の匂いである一方、老いの匂いでもある。ほんの少しずつ死に近づいていく匂い。

そんなことを言うと、母は間違いなく怒り、そして傷つくだろう。だから黙ってはいるけど、母の介護をしながら、佐菜子はいつも枯れ木を思う。

生乾きの内側を少しずつ虫に食われながら、朽ち果てていく枯れ木。

枯れ木ならばもう少し軽くてもいいのに、母はむしろ太っていく。血圧が高いだけで、内臓には大きな問題がないのに、ほとんど動かないのだから無理もない。

やがて、佐菜子は母に押しつぶされてしまうかもしれない。

いつまでこんな日々が続くのだろう。

赤ん坊ならば十年も経てば、手がかからなくなる。もう十年経てば、大人だ。

だが、十年経っても母はまだ七十歳で、寝たきりであること以外は別にどこも悪くない。

あと二十年経っても九十歳だ。世の中には百歳を超えて生きている人もいる。

考えるたびに怖くて仕方がなくなる。

父は定年後も前の会社に嘱託で残っている。仕事を辞めて、佐菜子を楽にしてやろうなどという気持ちはさらさらないようだった。

ほのかは東京の美術専門学校に行き、そのまま東京で就職した。兄の重樹も名古屋に転勤になったまま、帰ってこない。

悪意に過ぎるかもしれない。でも、逃げ出したのだと佐菜子は思っている。

ほのかは、帰省したとき、はっきり佐菜子にこう言った。

「もういいじゃない。お姉ちゃんも逃げちゃいなよ。このままじゃひからびちゃうよ」

勝手だ、と佐菜子は思った。

手を貸さなかった人間が逃げるのは簡単だ。その人の労働力は、はじめから勘定に入っていない。

だが、一度それを請け負ってしまった人間が逃げ出すのは、簡単なことではないのだ。すべてが佐菜子のわがままになる。父も母も親戚連中も、佐菜子を憎むだろう。

もし、ほのかが本気で佐菜子を心配してくれるのなら、川巻に残って、佐菜子を手伝うべきなのだ。

一緒に住めとは言わない。せめて、一時間くらいでこられる場所に住んで、ときどきは佐菜子のかわりに母の面倒を見てくれれば、それだけで佐菜子はとても助かるのだ。

だが、ほのかはもう年に一度か二度しか帰ってこない。

この家に死臭でも染みついていて、それを恐れているかのようだ。

重樹はお金をよく送ってくれるが、それだけだ。子供たちが中学生になり、転校はしたくないので、しばらくは名古屋にいるだろうという話だった。

母をベッドに戻し、ポータブルトイレの始末をしていると、いきなり母が言った。

「あんた、その服みっともない」

「え……？」

佐菜子が着ているのは、この前買ったリブ編みのカットソーだ。安物だが、紺色で別にみっともないようなデザインではない。

母は続けて言った。

「胸が目立って、下品だわ」

たしかに普通のTシャツよりは、リブ編みの分、身体に沿うようになっている。

だが、今朝鏡を見たときは、そこまで胸が目立つとは思わなかった。

言われてみると、急に気になってくる。ガラス窓に映る自分の姿が、やけに胸を突き出しているように見えてくる。

恥ずかしくなって前屈みになった。

「それ、着るなら上になにか羽織りなさい」

母のことばに佐菜子は頷《うなず》いた。

「そうするわ」

自分の乳房が、大きすぎることを知ったのはいつ頃だろう。

すでに小学校五年生くらいのとき、体操服を着た自分の胸が、走るたびに揺れてみっともないと思った。

同級生たちは、みんなささやかなふくらみしかないのに、自分だけが醜い脂肪を身につけていた。しかもそれは取り外すことができない。

いつも顔の真下に、大きく存在していて、忘れることなど不可能だ。

ときどき、会った男性の視線が、顔から一瞬下りて、それからまた顔に戻ることにも気づいていた。

どう考えても、それは好奇の目でしかない。きれいな脚や美しい顔を見る視線とはまったく違う気がした。

それを魅力的だとする価値観があることは、そのうち知ったけど、その中にも半分くらいは嘲笑が詰まっている気がした。

大きな乳房など、単に笑いながら話題にできるエロスのアイコンであって、本当にそれを魅力的だと感じる人などいるはずはない。

ほっそりとして、小振りな美しい乳房を持つ女性の方が、よっぽど美の基準としては正当だ。

胸を小さくする整形手術があると聞いて、それについて調べたこともある。だが、減胸手術ははっきりとしたT字型の傷跡が乳房に残ると知って断念した。豊胸手術は傷跡を小さくできるのに、小さくする方はそうできないなんて、あまりに不公平だ。着る服だって限られる。Vネックは胸の谷間がはっきり見えてしまうから、絶対に着られない。前ボタンだって、ボタンの間に隙間ができるから、よっぽどゆったりした形のもの以外は無理だ。

ワンピースなどは胸に合わせると、ほかのところがぶかぶかで、ほかの部分に合わせると背中のファスナーすら上がらない。

結局、ゆったりしたTシャツやパーカーなど身体のラインを隠す服しか着ることができない。

肩がひどく凝るのだって、介護のせいだけではなく、胸のせいもあるに違いない。一度、興味本位で重さを量ってみたら、片方八百グラムもあった。合計で一・六キロにもなる。

正直なところ、自分のブラジャーの正確なサイズを佐菜子は知らない。

一度下着店で測ってもらったとき、G75とかまるで冗談のような数字を言われて逃げ帰ってしまった。

それからは、通販で適当に大きめな、でも大きすぎないサイズのブラジャーを選んで、その中に乳房を押し込むように着けている。

合っていないことはわかっていたが、Gカップのブラジャーを着けることなど考えられなかった。なにより、そんなサイズが自分のサイズだと認めるのが気持ち悪い。

もうそれからはブラジャーのことは考えないようにした。

ただ、揺れないように支えて、胸が少しでも目立たないようにしてくれれば、サラシだってかまわないのだ。

もっとも、サラシは巻いてみるとものすごく太って見えたのと、あせもができてしまったので、一度であきらめた。

胸が大きいとか目立つとか言われることが、なにより嫌いだった。それならば、ブスだとかデブだとか言われた方がずっといい。

美しく華やかな人ならば、胸が大きくてもそれはそれで絵になるのだろう。

佐菜子には、この乳房が重くて仕方がない。心理的な意味でも、そして物理的な意味でも。

それから数日後のことだった。

パートの帰り道、さわやか書店の前を通った佐菜子は足を止めた。

いや、元さわやか書店と言った方がいいだろう。

シャッターが開いていて、人が出入りしていた。内装工事をやっているようだった。

この商店街では、シャッターが閉まったままの店がたくさんある。だが、さわやか書店は改装して新しい店に生まれ変わるようだった。

――どんな店だろう。

少しわくわくした。ここは佐菜子にとって毎日通る道だ。店の業種によっては頻繁に利用することになるかもしれない。

書店ならいちばんいいのだが、さすがにそれは難しいだろう。

のぞき込むと淡いピンクに塗られた壁が目に入った。女性がターゲットのお店なのかもしれない。

花屋なら、通るだけで楽しい気分になるだろうし、アイスクリーム屋やケーキ屋ならもっとうれしい。太ってしまうかもしれないけど。

佐菜子の生活の九割は、この川巻で閉じている。さわやか書店が閉店してしまったことで、佐菜子の生活から大切なパーツが抜け落ちた。

その欠損を少しでも埋めてくれる店であればいい。


その日、スーパーでは冬瓜《とうがん》が安くなっていた。

まるまると大きく、緑の皮も内側の白い実も水分をたくさん含んでいておいしそうだ。佐菜子は仕事が終わったら、買って帰ることに決めた。

本当は豚バラと煮るのが好きだけど、最近父も母も、あまり脂っこいものを欲しがらなくなってきた。鶏もも肉が高くなければ炊き合わせよう。もしくは、鶏挽肉でそぼろ和えにするか。

そんなことを考えながら商品出しをしていると、同僚の倫子《みちこ》さんが声をかけてきた。

「池上さん、明日お休みなのよね。できたら、シフト替わってくれるとうれしいんだけど……」

明日は日曜日だ。佐菜子は特に、カレンダー通りの休日を取る必要はない。むしろ、休日は父が家にいるから、安心して出勤できる。

パートの主婦たちは、子供や夫が休んでいる土日に休みたいらしく、シフト変更をよく頼まれる。佐菜子も気軽に応じていた。

だが、明日は無理だ。佐菜子は首を横に振った。

「ごめんなさい。従姉妹の結婚式があるの」

「ああ、それは無理ね。ごめんなさい」

彼女はそう言って離れていった。

結婚式のことを考えると気が重い。従姉妹の幸代《さちよ》は佐菜子と同い年だ。できれば、振袖を着てほしいと言われたけど、いくら未婚とはいえ、三十を過ぎて振袖というのは無理があるのではないだろうか。

そう思って、ワンピースで行くことにしたのだが、未だに迷っている。

本当は、黒いレース地のワンピースがあって、それを着たい。

黒なら佐菜子も少し痩せて見えるし、ふわりとしたデザインだから胸も目立たない。

以前も、そのワンピースを着て友達の結婚式に出席した。高かったし、普段着るのには、少し華やかすぎるものだから、一度で終わりにしたくないのだ。

だが、その友達は結婚後、新居に遊びに行ったとき、こんなことを言った。

「わたしの結婚式に、黒を着た人の顔は絶対に忘れない」

そのときは、同級生四人で一緒に家を訪ねた。残りの三人は、振袖か、もしくはピンクか赤の華やかなパーティドレスを着ていた。

一瞬、空気が凍り付いた。同じテーブルだったから、みんな佐菜子が黒いワンピースを着ていたことは覚えているはずだ。

「だって、新婦の友達枠は会場を華やかにする係に決まってるじゃない。あとは親戚や会社の上司とか、おじさんばかり呼ばなきゃならないんだから。だから、ご祝儀なんか別に少なくていいから、お金かけて振袖を着てくれるか、きれいな色のワンピースで出席してくれた人たちには本当に感謝してるわ。美容院にわざわざ行ってくれた人たちも」

佐菜子は黒いワンピースで、髪も自分でまとめて行った。恥ずかしくて消えてしまいたかった。

だが、会場で黒いワンピースを着ていたのは佐菜子だけではなかった。決してマナー違反ではないはずだ。

その友達からは、あとで詫びるメールがあった。

佐菜子が黒を着ていたことに、会場では気づかなかったらしい。あとで写真を見て気づいたのだと。悪気がなかったことだけはわかったが、それもあまり気持ちのいい話ではない。

そんなことがあって、黒を着ていっていいものかと迷った。前の休みに、清白台のショッピングモールでフォーマル用ドレスを見たのだが、ピンクやクリーム色など、よけい太って見えそうな色ばかりでとても着こなせそうにない。

しかもフォーマルなドレスは胸のあたりがぴったりとしたものが多い。胸が目立つか目立たないか以前に、サイズをひとつあげてもファスナーが上がらない。佐菜子は普段11号かLサイズを着ているが、それを15号にしてやっとぱつぱつで着られるといった具合だ。

もちろん、胸以外の部分はまったく身体に合っていない。よけいに醜く太って見えるだけだ。

自分が普通の体型ではないのだと、思い知らされた。

ようやく、ラベンダー色のワンピースを一枚選んだ。ノースリーブは少し抵抗があったが、シフォンをたっぷり使ってゆったりしたデザインで、これならば佐菜子にも着られた。

胸のところに、ドレスと同じシフォンで作った花がついていて、それがとてもすてきだった。

もちろん、黒いワンピースの方が痩せて見えるけど、これならば少しは華やかに見えるだろう。

だが、家に帰ってそれを鏡の前で着てみたとき、通りがかった父が言ったのだ。

「おおっ、チンドン屋か」

確かに、子供の頃から佐菜子は紺や茶色など、渋い色の服ばかり着ていた。妹のほのかはピンクや赤などの可愛い色を買ってもらっていたけど、佐菜子がそういう色を欲しいと言うと、父も母も言うのだ。

「おまえには似合わない」と。

小学生のとき、レースのたっぷりついたブラウスが流行って、女子がみんな、それを着ていたことがあった。それを着たいと言ったとき、母はこう言ったのだ。

「あんたが着ても、似合わない」と。

それっきり、佐菜子は可愛い服が欲しいとは言えなくなってしまった。

自分が可愛い服を着ると、滑稽で、みんなに笑われてしまうのなら、そんな服など欲しくはない。

あれは、可愛い子のものなのだ。

父に「チンドン屋」と言われたとき、その記憶が固まりのように喉元にせり上がってきた。わかっていたのだ。だからこれまでも地味な色ばかり選んでいたのに、店員さんに乗せられて、こんな華やかなドレスを買ってしまった。

もうそのドレスは着たくない。やはり黒のワンピースで行くしかないのだろうか。

ふいに、思い立って佐菜子は倫子さんを追った。商品出しを手伝いながら話しかける。

「ねえ、結婚式ですけど、黒とラベンダー色と、どっちのワンピースで行った方がいいと思います？　わたしは自分では黒の方が似合うと思うんですけど……」

倫子さんは即答した。

「絶対ラベンダー色。冷静に考えて、女性の出席者が黒い服ばかりの結婚式ってどう思う？」

うっとことばに詰まる。たしかにそれはあまり華やかとは言えない。

「安物でもいいから、絶対きれいな色よ、結婚式は。本人だけがきれいに見えればいいってものじゃないんだもの。華やかに装うのもお祝いのうちよ」

そう言ってから、倫子さんは付け加えた。

「池上さん色白だから、淡い色似合うんじゃない」

「ありがとう。じゃあラベンダー色にするわ」

お世辞とはわかっているが、決して悪い気持ちではない。だれからもお世辞すら言ってもらえなくなったら、あまりにも寂しすぎるではないか。

幸代の結婚披露パーティは、フランス料理レストランを貸し切りにして行われた。式は近くの神社で神前式をあげ、午後からが披露パーティだ。東京のほのかも、日帰りだが出席する予定だ。

「泊まっていけばいいのに」

そう何度も言ったが、ほのかは「忙しいのよ」と取り合わなかった。

東京できらきらした毎日を送っている彼女にとっては、実家など思い出したくもない場所なのかもしれない。懐かしいという感情すら生じないほどに。

朝、ラベンダー色のワンピースを着ていると、車いすで通りかかった母がなんともいえない微妙な表情をした。

似合わないと言われるだろうことは予想していたから、あわてて言った。

「ほら、華やかな色を着るのもお祝いのうちだから」

そう言われるだろうということはわかっていても、実際にそのことばを聞くのと聞かないのとではまったく違う。できれば聞きたくなかった。

母は、なにも言わずにそのまま通り過ぎていった。

父ももちろん出席するから、一緒に家を出てきた。父はじろじろと佐菜子の全身を見回して言った。

「おまえ、その服、ほかに着る場所あるのか?」

こういうとき、佐菜子はいつも言い返すことができない。

もちろん着る場所など想像もつかない。友達の結婚式があれば着ていけるが、しばらくは予定もない。

だが、普段着で結婚式に出席するわけにはいかないではないか。

「友達が……結婚式には華やかな色を着るのもお祝いだって」

一応そう言ってはみたが、父は佐菜子のことばなど受け流すようにこう言った。

「スーツで充分だっただろう。もう、いい年なんだから」

それはまるで、佐菜子に装う価値などないと言っているように聞こえた。

せっかくきれいな服を着ているのに、ひどく憂鬱な気持ちで、佐菜子は会場に入った。

親族控え室には、すでにほのかがいた。目の覚めるような赤いパーティドレスを着て、アップにした髪には蘭の花があしらわれている。

父があきれたように言った。

「おいおい、おまえが結婚でもするような格好だな」

ほのかは軽く肩をすくめた。

「幸代ちゃん、赤いの着ないって言ったもの。お色直しはしないでウエディングドレスだけだって。だからいいのよ」

ほのかがいつの間にか、そんな気遣いができるようになっていたことに驚く。佐菜子は花嫁がどんな色を着るかなんて考えもしなかった。

もちろん佐菜子が着ているのは、パーティドレスにしてはずっと大人しいワンピースだから、花嫁とかぶる心配などしなくてもいいのだろうけど。

ほのかは、佐菜子を見て目を丸くした。

「お姉ちゃん、似合うじゃない。とても可愛いわよ」

佐菜子は曖昧に笑って、礼を言った。

ほのかは、わがままで奔放だが、それでも優しい子だ。似合うと言われたことにほっとしていると、父が雑《ま》ぜっ返すように言った。

「年増が着飾っても、みっともないだけだ」

「お父さん！」

ほのかが本当に怒りそうな顔をしたので、佐菜子はあわてて腕を押さえて止めた。ほのかと父は仲が悪い。喧嘩を始めると、どちらも後へ引かないから泥沼になる。お祝いの席で険悪なムードになるのは他の人への迷惑だ。

父は笑いながら、ほかの親戚のところに行ってしまった。

ほのかがぽつんと言った。

「お父さんはお姉ちゃんには、なに言ってもいいと思ってるから……たまには怒りなよ」

「いいわよ、別に」

怒ったからと言ってどうなるのだろう。

みっともないと言われたことに腹を立てても、その人が佐菜子をみっともないと思った事実は変えられない。むしろ、怒れば怒るほど、笑われて傷を深くするような気がした。

披露パーティは、派手な演出のないシンプルなものだった。

親戚や友達の代表がスピーチし、ケーキ入刀を終えると、あとは歓談する時間になる。

幸代はとてもきれいだった。

普段は眼鏡をかけて、あまり化粧もしない人なのだが、まるで見違えるようだ。背が高くスリムだから、背中の開いたシンプルなウエディングドレスがよく似合っている。

新郎は同い年で、銀行員だと仲人がスピーチで言っていた。おにぎりのように丸い顔の、優しそうな人だった。

テーブルは家族全員一緒だった。父はビールを何杯も飲んだ。もともとそれほど強いわけではない。何度か止めようとしたが、隣に座った叔父の修三さんが、「こんなときだから、まあいいじゃないか」と言いながら、父のコップにビールを注《つ》ぐのだ。

父は赤い顔でげっぷをした。

「修三、俺は悔しいよ」

「なにがだ？　言ってみろよ」

叔父に促されて、ろれつの回らない舌で話し始める。完全にできあがっている。

「幸代ちゃんは、こんなにいい旦那を見つけたのに、うちの娘らときたら自分で結婚相手を見つける甲斐《い》性もない。気がつけばすっかり嫁《い》き遅れだ」

「まあまあ、今は結婚時期が遅くなっているから……」

「いーや、佐菜子なんか、三十二歳になるのに、彼氏を連れてきたこともないんだぞ。二十代でモテない女が、三十過ぎてモテるはずはないだろう」

酒のせいか、父の声はどんどん大きくなっている。

恥ずかしくなって佐菜子は下を向いた。

「ちょっとお父さん、いい加減にしなよ。どんだけお姉ちゃんに世話になっていると思ってるの？」

「世話だと？　なにが世話だ。こいつ、家には二万しか生活費入れてないんだぞ。いくら川巻が田舎だからって、二万で生活できるか？」

二万しか入れられないのは、スーパーでのパートではフルタイムでの仕事ほどのお金はもらえないからだ。

お金のかかる趣味は持っていないが、この先どうなるかわからない以上、少しでも貯金しておきたかった。

父は派手な音を立てて、コップをテーブルに置いた。

「こいつ、二回もお見合いして断られてるんだぞ！」

ちょうど、会場のざわめきが途切れたときだった。その声は会場中に響き渡った。

何人もが振り返って、こちらを向く。

佐菜子はテーブルの下で拳《こぶし》を握りしめた。顔が真っ赤になっているのがわかったが、どうしようもない。

心臓の音だけが大きく聞こえた。

そう、たしかに断られた。二回も。

どちらもハンサムではなく、ずいぶん年上だった。別にお金持ちというわけではなかった。それでも佐菜子はかまわないと思ったのだ。自分が相手に条件をつけられるような立場ではないことはわかっていたし、ふたりともまじめそうな人だった。

だが、佐菜子が決めるまでもなく、先方から断りの電話がかかってきた。

「うちには立派すぎる方で」という定例の断り文句が胸を抉《えぐ》った。

立派すぎる経歴などなにもない。強いて言えば、通っていた大学は地元でいちばんの国立大学だったが、それだけだ。

結局は田舎の大学に過ぎないし、相手だって大卒だった。しかも佐菜子はその後就職していないのだ。なんの役にも立っていない。

断るのなら、はっきりと断る理由を教えてほしかった。

美人じゃないからか、太っているからか、うまく話ができないからか。それならば納得できるけれど、理由がわからないと、自分のすべてを否定されたような気持ちになる。

男性は、胸の大きい女性が好きだなんて絶対に嘘だ。それが本当なら、佐菜子が二回も断られるはずはない。

もし、それが嘘でなくても「きれいで胸の大きな女性」のことで、佐菜子などその範疇《はんちゅう》には入らない。

それっきり、佐菜子はお見合いをやめてしまった。断られ続けることに耐えられなかった。

ほのかがあきれたように言った。

「お姉ちゃんのせいじゃないでしょ。身内の介護をしている女性と聞けば、二の足を踏む人は多いわ。嫁は自分のところの労働力だと思いたい人は余計にね」

父は顎《あご》を突き出して声を荒らげた。

「娘が親の面倒を見るのは当たり前だろうが！　だれに大学まで行かせてもらったと思っているんだ」

「そんなこと言ってるんじゃないでしょ」

佐菜子はほのかの腕を押さえた。

「ほのか、もうやめよう」

彼女が自分のために言ってくれていることはわかっていた。だが、みんなの注目が集まっていて、それがいたたまれない。

それに気づいたのか、ほのかが気まずそうな顔になって椅子に座り直した。

ほのかが黙ったことで、父の機嫌がまたよくなった。

「見合いしても断られるなんて、俺は恥ずかしいよ。幸代ちゃんのような娘なら、どんなによかったか」

佐菜子は聞こえないふりをして、目の前のステーキを切って、口に運んだ。

肉はなんの味もしなかった。

パーティが終わると、ほのかは「飛行機の時間があるから」と言って、さっさと帰ってしまった。

酔いつぶれてしまった父を連れて、佐菜子はタクシーで家に帰った。

膝の上には幸代からもらったブーケがあった。白い花を澄んだ水のような青いリボンで束ねた、うっとりするほど美しいブーケ。

幸代が自分から、「佐菜子ちゃんに」と渡してくれたのだ。

その心遣いはとてもうれしいけど、あんなことがあったあとでは、軽いはずのブーケがひどく重く感じられた。

結婚したくてたまらないというわけではないのだ。できないならできないでかまわない。

断られた二件のお見合いだって佐菜子が探したわけではなく、近所の世話好きのおばさんが持ってきた話だった。さすがに二回も断られて気まずくなったのか、もうそのおばさんも見合い話は持ってこない。

みんな佐菜子を気遣ってくれている。

それなのに、それがすべて針のように心に突き刺さるのはなぜだろう。


毎日、帰り道に工事中の店をのぞくのは、佐菜子の数少ない楽しみだった。

店は淡いピンクと白を基調とした、まるでお菓子のように可愛らしい内装に変わっていく。

少しずつできあがっていくパズルを見ているような気分だった。どんなお店か推理するのも楽しい。

だが、その日、正解が道ばたに投げ出されてあった。

――ランジェリーショップ・シフォン・リボン・シフォン。

そう書かれた看板が、取り付けられないまま置いてあったのだ。

とたんにわくわくしていた気持ちがしぼむのを感じた。

清白台にもランジェリーショップはあったが、そこでは佐菜子のサイズのものは売っていなかった。

通販で買っているような、適当なサイズのものをレジに持って行くと、店員さんがじろじろと佐菜子の胸を見て「お客様がお使いになられるのですか」と聞いてきた。

嘘をつくのは苦手だから、思わず頷いてしまった。

「たぶん、そのサイズじゃないと思うわ」

店員さんはそう言って、メジャーを出してきた。サイズを測られて恥ずかしい思いをした上に、しかもそのサイズは店にないので、大きいデパートへ行った方がいいと言われてしまったのだ。

デパートまでは特急に乗っても一時間かかる。行くのは半年に一度くらいだ。

だいたい服か靴を買って終わってしまうので、下着までは手が回らない。

清白台ですら、佐菜子のサイズはないのだ。こんな小さな店に入っているはずはない。

つまりは結局佐菜子の生活には、なんの関係もない店だということだ。

ショーツくらいは買えるだろうが、地味なベージュのブラジャーしかつけないのに、可愛いショーツを合わせても仕方ない。

その看板をもう一度見下ろすと、佐菜子はまた歩き始めた。


それから一週間ほど経った水曜日、佐菜子は店長の青木に呼び出された。

店長と言ってもまだ若い。佐菜子と同じくらいだろう。前にいた店長は、パートのえこひいきが強く、どうしても好きになることができなかった。それに比べれば青木はずっといい人だ。取り立てて、どこがいいと言うのは難しいが、それでもスーパーの雰囲気が和やかになった。

前はパートたちで店長の悪口でよく盛り上がったが、最近はそんな話も出ない。

事務室に行くと、青木は青いファイルをめくっていた。

「ああ、そこに座って」

そう言われて、青木の向かいのパイプ椅子に座る。

「なんですか？」

こういうときはいつも心臓が激しく脈を打つ。あちこちで、リストラされたという話をよく聞くし、クビを言い渡されるような気がするのだ。

青木は、一枚の紙をぺらりとテーブルに置いた。

「十一月から、毛谷《けや》の方に新しい支店がオープンすることになって、俺もそっちに異動になった」

置かれた紙を手に取ると、きよやスーパー毛谷支店の地図が書いてある。

新しい店がオープンするということは、きよやスーパー自体はさほど業績が悪いわけでもないのかもしれない。

「それで、池上さんも一緒にそちらにきてくれないかと思ったんだ」

「え？」

驚いて顔を上げる。このスーパーで働いてもう四年になるが、パートがよその店に異動なんてはじめて聞く。

「オープンだと、はじめから大勢のパートを教育しないといけないだろう。もちろん本社から教育担当の社員はくるけど、ひとりでは限界がある。頼りになるベテランがいてくれると助かるんだ」

ベテランと呼ばれるのは複雑だが、頼りになると言ってもらえたのはうれしかった。長く店にいると、どうしても新人を任せられることが多い。佐菜子が最初に入ったとき、教えてくれた先輩は、あまり親切な人ではなくて、ひどく苦労した。それを思い出して、いつも新人には丁寧に優しく指導するように心がけていた。

「もちろん、きてくれたら時給も上がるし、もしフルタイムで働いてくれるなら、パートから社員に格上げすることもできる。厚生年金にも入れるし、待遇が少しよくなる」

佐菜子はもう一度、渡された紙を読み返した。

毛谷は川巻から電車で四駅。時間にすると二十分くらいかかるし、地図を見る限り駅からは十分くらい歩くことになるようだ。もちろん充分通勤圏内なのだが、今でも母は佐菜子の帰りが遅いとよく怒っている。毛谷に行くのなら、あと一時間、ヘルパーさんの滞在を増やしてもらうことにした方がいいかもしれない。

社員になれるのなら本当に助かる。だが、自分だけで決めることはできない。母を一人きりにすることはできないのだから。

青木は、ファイルを引き出しにしまいながら言った。

「まあこっちは池上さんの事情も知ってるし、ゆっくり考えてくれていいから。きてもらえると助かるってだけ」

「すみません。わたしはうれしいし、行きたいです。でも家族に相談しないと……」

そう言うと、青木は頷いた。

「えーと、オープンが十一月四日からだから、十月二十日から新人教育をはじめるんだ。どちらにせよ、それまではこっちで働いてもらうし、十月頭くらいに決めてもらっていいかな」

「ありがとうございます」

まだ一ヶ月近くあるから、両親の機嫌のいいときを狙って、切り出してみることができる。早めに言ってくれた青木に、佐菜子は感謝した。

青木は、椅子をくるりとまわして言った。

「いい返事がもらえることを期待しているよ」


不思議な気分だった。

もちろん父と母の返事次第では社員どころか、遠くの店に勤務することすら許してい。

もらえないし、許してもらえたからと言ってそれほど大きく人生が変わるわけではな

わからない。

スーパーの店員であることに変わりはないし、社員になってもいつクビになるかはわからない。

それでも、今までやってきたことを認めてもらえることが、これほどうれしいとは知らなかった。ただ口で褒《ほ》められるというだけではなく、やった仕事の結果として、

新しい仕事を与えられることは特別だ。ただのお世辞なら、そんなことはしない。

母の介護をはじめたときは、親戚からもよく褒められた。母だってしょっちゅう礼

を言ってくれた。

だが、時間が経つにつれて、それは頑張ったことではなく、やって当たり前のこと

になっていく。最後に母に礼を言ってもらえたのがいつのことなのか、佐菜子はもう

覚えていない。

ただ、うまくできなかったことだけ責められるようになる。労働の重さははじめた

頃と、まったく変わらないというのに。

鼻歌を歌いたいような気持ちで歩いていた佐菜子は、ふいに足を止めた。

ピンク色のランジェリーショップに照明がついていた。

ランジェリーショップ・シフォン・リボン・シフォン。そう書かれた控えめな看板が前に出ている。

なにげなくショーウィンドウに近づいて息を呑んだ。そこに飾られていたのは、はじめて見るような下着だった。

トルソーが着けているブラジャーとショーツは黒と白の切り替えになっていて、まるでタキシードを思わせるようなマニッシュなデザインだ。ガーターベルトもセットになっていて、過剰に女っぽくはないのにひどく色っぽい。

トルソーの下には、普通にレースを使ったブラジャーやキャミソールが飾られていたが、それもこれまで見たものとまったく違う。

シンプルなデザインなのに、肩紐にだけ、シフォンとビーズでできた薔薇の花が咲いている黒いブラジャー。白いコットンのブラジャーには、カットに沿うようにマーガレットの花の刺繍《ししゅう》が施してあった。驚くほど面積の少ない官能的なショーツもあるが、なぜか少しもいやらしく見えなかった。あまりにそのものが美しすぎるのだ。

ブルーのレースに、ピンクのリボンの薔薇がついたブラジャーもあった。豪華なレースに、ちょっとチープなリボンでできた薔薇。その組み合わせがなんともいえず可愛らしい。

布でできた宝石のようだ、と思った。目を奪われて動けない。ショーウインドウの奥には、奥行きのある店内が見えた。ピンク色の壁に沿って、たくさんのランジェリーが並んでいる。

見てみたい。たぶん、佐菜子には手の届かない高級品なのだと思うけど、どんなものがあるのかもっと知りたい。

ふいに気づいた。通販でも、佐菜子の本当のサイズできれいな下着など滅多にない。ここにもサイズなど入っていないに違いない。だとしたら薦められても簡単に断れる。

急に大胆な気持ちになって閉まっているドアを押した。ベルの音が店内に響いた。

店にはだれもいなかった。ごめんください、と声をかけてから、並べられている下着たちに目をやる。

鮮やかなショッキングピンクのハーフカップブラジャー、前はシンプルなのに、後ろ姿のおしりの部分に可愛らしい小さな花がついたショーツ。どれもこれも、信じられないほど魅力的で、可愛らしく、なのにとてもセクシーだ。

見とれていると、後ろから声がした。

「気に入ったのがありましたら、サイズお出ししますよ」

振り返ると、髪の短い四十代くらいの女性がいた。日に焼けていて、ほとんど化粧もしていない。背が高く、腰のあたりがとても細くてスタイルがいいが、外見や服装はマニッシュで、あまり女っぽさを感じない。マダムと呼びたくなるような女性だった。

「あの……わたし、あんまりサイズがなくて！」

いきなりのことでそう言ってしまう。彼女は薄い唇をほころばせた。

「大きめサイズもありますよ」

そう言って、重ねられたブラジャーの中から一枚を取り出した。

「これだったら、あなたにちょうどいいんじゃないかしら」

淡いピンクでチェックの柄。清楚なデザインだったことに、佐菜子はほっとする。

だが、とても小さい。佐菜子に合うサイズのブラジャーは、いつも頭からかぶれるのではないかと思うほど大きくて不格好だった。なのに、このブラジャーは、平面に置いてあっても充分可憐で美しい。

「試着室があるわ。つけてみて？」

まるで催眠術にかかったようだった。本当はそんなつもりなどなかったのに、佐菜子は吸い込まれるように試着室に入ってしまった。

Tシャツを脱いで、今着けているブラジャーを外す。ただ胸の揺れを押さえるためだけのベージュのブラジャーだった。レースはついているが、それを美しいと思ったことなどない。
そして渡されたブラジャーに腕を通す。
驚くことに、その小さなブラジャーは佐菜子の大きすぎる胸を簡単に包み込んでし
まった。鏡を見て驚く。不格好なほど大きいと思っていた胸は、そのブラジャーに包
まれるとこぢんまりとした半円形に収まってしまったのだ。
ふっくらとした丸みと、深い谷間はそのままだが、前に突き出すことも横に広がる
こともなく、きれいなお椀型になる。
まるで魔法のようだった。呆然としていると、外から「いいかしら」という声がか
かった。思わず、はいと答えてしまうと、試着室のカーテンが開いて、マダムが入っ
てきた。
驚いて息をのむが、マダムは当たり前のような顔でブラジャーの肩紐を調節した。
ちょっときついと感じていた部分が急に楽になる。
「あら、とてもお似合い。羨ましいようなすてきなおっぱいだわ」
スカートが似合うとか、肌がきれいとでも言うような、自然なことばだった。
なにより、そう言われても自分が恥ずかしいと思っていないことが信じられなかっ

た。鏡に映っている自分の胸は、たしかにそう言われるのにふさわしいように見えた。

「ほかにもつけてみる?」

つけてみたい。だが、あまり時間がない。佐菜子は肩紐に付いた値札を確認した。二万円に近い値段で、気が遠くなる。いつも、せいぜい三千円くらいのブラジャーしかつけたことはない。

佐菜子の表情に気づいたのだろう。マダムがちょっと待ってて、と言って試着室を出た。

こんな高級品、とても買えない。自分にふさわしくはない。そう思うけれど、これを外したくはないという気持ちも抑えられない。

このブラジャーさえつけていれば、コンプレックスを感じずに済む。自分の胸を憎まずに済む。だったら、安いものではないか。

葛藤していると、またカーテンが開いた。マダムは鮮やかな赤のブラジャーを手に持っていた。

「これ、ね。セットのショーツがないから、安くしているの。メーカーもサイズも同じだからつけてみて」

マダムが出て行ったあと、佐菜子は値札を見た。八千七百円。最初にこれを見たら高いと思ったけれど、二万円近い値札を見たあとではずいぶん安く感じる。

ピンクのブラジャーを外して、それをつけてみる。形は同じようにきれいに収まった。ただ、色が派手すぎるのが気になる。ピンクならまだしも、赤などつけたことはない。

また入ってきて、肩紐を調節しているマダムに尋ねる。

「色はこれだけですか？」

「ごめんなさい。値下げしているのはこれだけなの」

それなら仕方がない。佐菜子は考え込んだ。マダムが言う。

「赤はね、意外に白いのを着ても透けないの。ヨーロッパでは白い服の下に赤い下着をあえてつける人も多いわ」

佐菜子はいつも、紺や黒を好んで着ている。透けるか透けないかを心配する必要はない。

自然に口が動いていた。

「これ、いただけますか？」

衝動買いをしたあとは、いつも罪悪感に襲われる。

もちろん、その日も一緒だった。だが、罪悪感と交互に、信じられないような幸福感も訪れる。何度も引き出しからブラジャーを出して、うっとりと眺めた。

気づかなかったが、肩紐にいくつも小さなリボンがついていて、セクシーなだけではなく、可愛らしくもある。

つけたあとにいつもの服を着てみると、見違えるほど痩せて見えた。たった下着一枚で、こんなに違うとは知らなかった。

なによりも、自分の身体が柔らかく、美しいレースとリボンで包まれていることがうれしかった。

もちろん、これを買ったのは自分で、だれかからプレゼントしてもらったわけではない。なのに、自分がとても大切に扱われたような気がした。

それから、佐菜子はほぼ毎日のようにそのブラジャーを身につけた。

夜、お風呂に入るときに洗えば、たいてい朝乾いている。本当は毎日ではなく一日おきに着けた方がいいことはわかっていたが、一度それをつけてしまうと、持っているサイズの合わないブラジャーが苦痛で耐えられない。

次の給料日がきたら、新しくもう一枚買い足そう。佐菜子はすでにそう決めていた。

確かに高いが、それをつけているとTシャツの胸がみっともなく目立つことはない。前屈みになって、びくびくと歩かなくてもいいような気がする。

スーパーでも、パートの人何人かに「痩せた？」と聞かれた。

理由は話さずに、「別に痩せてないよ」と答えるのは気分がよかった。

最初の一週間ほどは、両親に見つからないようにこっそりと自分の部屋に干していたが、型崩れを防ぐためにバスタオルで水分を吸い取るだけだから、水滴がカーペットの上に落ちる。仕方がないので、浴室に干すことにした。

佐菜子は最後にお風呂に入ることが多いから、家族の目にもつかない。どうせ、お風呂の掃除だって、佐菜子がするのだ。

その日は、パートが休みで、佐菜子は朝から洗濯機を回して、リビングに掃除機をかけていた。

今日は特に予定はない。午後から近くの図書館に行くこともできるかもしれない。そう考えたときだった。

「佐菜子！　ちょっときなさい！」

母の金切り声が家中に響く。

驚いて掃除機を倒しそうになる。ともかく、スイッチをオフにして、急いで母を探した。

声は洗面所の方から聞こえる。同時に佐菜子はあることに気づいた。

あの赤いブラジャーを干したままだ。

洗面所のドアを開けると、やはり母はそこにいた。口をぱくぱくさせながら、浴室に干してあるブラジャーを見つめている。

「あんた……なんなの、こんな派手な下着！」

あわててそれをピンチから外す。

「安かったの。いいでしょ別に」

「なに言ってるの……そんな……そんな……みっともない！」

みっともない。そのことばを聞いた瞬間、心の中で何かが切れた。

「どうしてみっともないなんて考えるの？　わたしがブラジャー一枚で近所を練り歩くとでも？」

母は息をのんで絶句した。

「あんた……あんた、よくそんなことを……」

「しないって言ってるの。わたしがどんな下着をつけてようがだれにもわからないでしょ？」

母は何度も佐菜子の胸を「みっともない」と言った。「恥ずかしい」とも言った。なのに、その胸をきれいに小ぶりに整えてくれるブラジャーまで、みっともないと言うのだろうか。

母はなぜかおびえたような顔で佐菜子を見上げた。

「あんた……いったいどうしちゃったの」

「どうもしない。たかが下着くらい好きなのつけさせて」

そう言いきると、佐菜子はブラジャーを持って自分の部屋に駆け込んだ。

思い出した。

最初にみっともないと言われた日のことを。中学二年生のときのことだ。

臨海学校で海に行き、クラスメイトたちと泳いだ。その頃の佐菜子は、まだ泳ぐことが好きだった。運動神経は飛び抜けていいわけではなかったが、水泳だけは得意だった。

ちょうど、そのときのクラスメイトが使い捨てカメラを持ってきて、写真を撮ってくれた。

焼き増ししてもらった写真を持って帰って母に見せたときだった。

母はまるで汚いものでも見るかのように顔をしかめた。

「あんた、みっともない」

そのときに水着を着た自分の胸が、大きすぎることに気づいた。みっともないと言われると、たしかに醜く見えた。

その日から、水泳の授業がいやでたまらなくなった。

授業だけは受けたが、憂鬱で仕方がなかった。もう泳ぐことは少しも楽しくない。

どうして、みっともないと言われなければならなかったのだろう。

なにか悪いことをしてこうなったわけでもない。ただ、それが佐菜子の身体で、自分が望んだわけではない。

はじめて気づいた。

佐菜子の心には無数の棘《とげ》が刺さっていた。痛みはずっとあったのに、棘がいつから刺さったのか、だれに刺されたのか今やっと知ったのだ。

その日の午後、佐菜子は母と口をきかなかった。

母も最低限のことだけしか言わなかった。トイレの介助をし、ポータブルトイレの後始末もして、夕食も作った。シーツも換えた。

必要なことはしたが、それだけだ。黙ったまま同じ空間にいると、空気が錆《さ》びて軋《きし》むような気がした。

母に夕食を食べさせて、自分の部屋にこもった。父が帰ってくるのはわかったが、部屋から出たくはなかった。

母はきっと父に今日の話をするだろう。父が笑い飛ばしてくれればいい。

佐菜子ももう三十を過ぎていて、どんな下着を着けようが佐菜子の勝手だと言ってくれればいい。

だが、しばらくすると父の声がした。

「佐菜子、こちらにきなさい」

その声の冷ややかさが、これからなにが起こるかを物語っていた。

佐菜子は部屋を出て、リビングに行った。

父がソファに座っていた。隣には車いすに座ったままの母がいた。

父は険《けわ》しい顔をして言った。

「おまえ、水商売の女が着けているような下着を着けているんだってな」

思わず噴き出してしまった。父の顔色が変わる。

「なぜ笑う！」

「だってお父さん、水商売の人の下着、見たことあるの？」

「たとえ話として言ってるんだ！」

佐菜子は笑いながら、父の顔を見た。

この前、幸代の結婚式で、父は大勢の前で佐菜子を罵《のの》った。いい年をして、結婚相手も見つけられず、お見合いも二度も断られた恥ずかしい娘だと言った。

佐菜子が水商売の女性のように、セクシーで男好きがする女になれば、願ったりかなったりではないか。

ベージュのブラジャーを着けていれば、父は満足するのだろうか。

いったい、佐菜子以外のだれが、佐菜子がどんなブラジャーを着けているか気にするのだろう。だれが知るのだろう。

馬鹿馬鹿しくて笑いが止まらない。

「だれにも知られないわよ。お父さんが酔っぱらって言いふらしたりしなければね」

父の顔が真っ赤になる。この前のことを少しは覚えているのだろうか。

「俺は慎みの話をしているんだ！」

すうっと心が冷えた。

慎み。それがいちばん大事だというのなら、佐菜子はそれを守り通してきた。

男性とつきあったこともなく、大きな胸を恥じていつも下を向き、地味な服しか着てこなかった。

それでなんのいいことがあっただろう。母にはみっともないと言われ、父には恥ずかしい娘だと言われた。

自分が未だに処女であることまで、この人たちのせいにするつもりはない。それは佐菜子が選んだ生き方だ。臆病なのも自分自身のせいだ。

それでも慎みが大事だというのなら、過去の佐菜子をもっと認めてくれてもいいはずだ。

今だって、赤いブラジャーを買っただけで、それを見せて歩いたわけでもなく、ましてや男の人とつきあってもいない。慎みを失ったと罵られるいわれはないのだ。

佐菜子はすっと立ち上がった。

「話しても仕方ないし、怒られるようなことはなにもしてないから」

リビングを出て扉を閉めるとき、座ったままの父と母の顔がはっきり見えた。

困惑というよりもむしろ、おびえたような顔だった。


両親はなにを恐れているのだろう。

たぶん、心の痛む箇所と深く関係がある。この人たちは佐菜子をコントロールすることに成功していたのだ。思う部分に的確にことばで針を刺し、佐菜子が痛みを感じるようにして、思うままに操った。

佐菜子の大きな胸は、この人たちにとって格好の標的だった。

ただ、なにもしていないのに恥ずかしいと感じさせ、みっともないと思わせる。

ほのかは賢いから、それに気づいていた。佐菜子は今まで気づくことができなかった。

佐菜子は深いためいきをついた。

気づいてしまったからには、今までのようにはいられない。

翌日、佐菜子はマダムのランジェリーショップを訪ねた。

この前着けた可憐なピンクのブラジャーとそれと同じデザインのショーツ、それから淡いブルーのレースに、ピンクのリボンの薔薇がついたデザインのブラジャーも買った。こちらと同じデザインのショーツはちょうど在庫がないから、取り寄せてもらうことにした。

どちらのブラジャーも佐菜子の身体にぴったりとなじんだ。

鏡を見ながら思う。どうしてきれいなものを身に着けると、少しだけ自分が大事にされているような気がするのだろう。

両方とも買う、と言ったとき、マダムは驚いた顔をした。

「よろしいの？」

「いいんです。これまでに持ってたものは、全部身体に合ってないし……」

「そう？」

散財してしまったが、かまわない。誕生日はもうすぐだから、自分へのプレゼントということにしておこう。

マダムはブラジャーを一枚ずつハトロン紙で丁寧に包んだ。なんとなく喋りたくて言った。

「この前のブラジャー、両親に水商売の人みたいって言われて怒られちゃいました。水商売の人がどんな下着を着けているか、見たことないくせに」

マダムはふふっと笑った。

「うちもしょっちゅう喧嘩ですよ」

それを聞いて驚く。

「一緒に暮らしてらっしゃるんですか？」

「いいえ、今は近所に住んでいるだけですけど、介護でしょっちゅう行ってますから。ガーターベルトとかGストリングとかを見るたびに、血相変えてお小言を食らいますよ」

その口調は、それでも別に腹を立てている様子はなかった。

「いくつになってもね。親と子では絶対にわかり合えない部分があるんですよ。それでも大人になれば、親の方は無理にわかる義理もないし、子供の方は無理にわかってもらう義理もないわけですからね」

あまりにさらりと言われたせいで、昨夜の出来事すら、たいしたことがないように思えてくる。

「だからといって、完全にわかってもらえないからといって、関係を断ち切っても仕方ないでしょう。恋人は失ってもまた見つけられるけど、親はもう見つけられないわけですから」

自然に答えていた。

「そうですね」

包装された商品を受け取る。今日買ったものはまだ清楚なデザインだから、母が見つけても、この前のように卒倒しそうになったりはしないだろう。これはじめから清楚なものを買っていても、たぶん文句は言われただろうと思う。これまで身に着けていたベージュの下着たちに比べれば、あまりにも美しすぎるから。しかし、最初に派手な赤いものを見せたせいで、ピンクやブルーは大人しく見えるに違いない。

そんなことを考えて、佐菜子は微笑んだ。

「大人になればね。いつだって親との縁なんて切れるんですよ。そう思えば、絶縁は最後の手段に取っておけますからね」

佐菜子はマダムに尋ねた。

「絶縁を考えたことがあるんですか？」

マダムはくすくす笑いながら答えた。

「しょっちゅうですよ」


家に帰って、母の世話をして、両親の食事を作る。

母は昨日のことは、なにも言おうとはしなかった。それで佐菜子は理解した。

人間関係など、ほんのわずかなことで逆転するのだ。

コントロールに気づいてしまえば、今度は佐菜子の方が強い立場になる。

佐菜子に出て行かれて困るのは、両親の方だ。佐菜子はなんにも困らない。このあたりは田舎で家賃もそんなに高くない。

きよやスーパーで、社員としてフルタイムで雇ってもらえば、生活していくことくらいはできるだろう。貯金だって少しはある。

佐菜子は、母に言った。

「今度社員として雇用してもらうの。十月半ばから勤務時間が長くなるわ。ヘルパーさんにきてもらう時間を増やすから」

母は小さく口を開けて、また閉じた。

文句を封じ込めるように佐菜子は言った。

「このご時世に、パートから社員にしてもらえるなんて本当にありがたい話だわ。普通はそんなこと滅多にないのに」

どうしても駄目だと言われれば、家を出ればいい。

もうずいぶん母のためには尽くしてきたし、だれにも文句を言われる筋合いはない。だれも佐菜子を助けてはくれなかった。

親子だから、佐菜子の決意はなにも言わなくても伝わったのかもしれない。

母は言った。

「本当にね。いい話でよかったわね」


トラップはその存在がわからないから、トラップなのだ。

罠がどこにあるかわかれば、なにも恐ろしくはない。むしろ罠をかけた方が、後手に回る。

罠をかけたことを知られてしまうことで。

針はまだ心に深く刺さっている。それを一本ずつ抜いていくのは、これからの佐菜子の大事な仕事だ。


二週間後、佐菜子の携帯にマダムから連絡が入った。

「ご注文のショーツ、入荷しましたからいつでもいらしてね」

もちろん仕事が終わったあと、佐菜子は飛んでいった。

すぐに、届いたショーツを見せてもらう。

ブラジャーと同じブルーのレースに、ピンクのリボンでできた薔薇がついている。

その少し安っぽい薔薇がたまらなく愛《いと》おしかった。

ふいに思い出した。

子供の頃、小さなポシェットを持っていた。

淡いクリーム色のそのポシェットには、まさに同じようなリボンでできた薔薇がついていたのだ。

佐菜子はそのポシェットが大好きで、いつだって下げて歩いていた。

自分で買ったはずはない。佐菜子には、お土産を買ってくれるような祖父や祖母もいなかった。

間違いなく、そのポシェットは父か母に買ってもらったものだ。

可愛いものなど、なにひとつ買ってもらえなかったと思っていた。でもそうではなかったのだ。

なんだか泣き出したいような気持ちになり、佐菜子はそっとその薔薇を指で撫でた。

「ねえ、どうしてかしら」

独り言のようにつぶやくと、マダムの目が細められる。

「わたし、きれいな下着を身に着けると、自分がとても大切に扱われているような気がするの」

うち捨てられていたおもちゃも、リボンをかけただけでだれかからの贈り物に見えるように、だれにも見せることのない下着が、佐菜子のリボンになる。

マダムは口元をほころばせながら言った。

「それは当然ですよ」

「え？」

「だって、あなたがあなたを大事に扱ってあげているんだから」

第二話

　数ヶ月に一度、痩せた骨の夢を見る。

　痩せた骨という言い回しが不自然なことは、理屈ではわかる。痩せていようが太っていようがそれは骨の上についた脂肪の問題で、骨格は変わらないはずだ。

　だが、均《ひとし》にはどうしても、太っている人間は丸く肥大した骨を持ち、痩せた人間は華奢《きゃしゃ》でぽきりと折れてしまいそうな骨を持っているようにしか思えない。

　妻の友恵は、若い頃はひどく細い腰と足首を持っていた。彼女が高いヒールを履いて歩いていると、頼りなさすぎて支えたくなったものだった。

　結婚して三十年経った今では彼女の尻は、若い頃の二倍ほどの大きさにさえ見える。ヒールを履くこともないし、履いても似合わないだろう。時の流れというのは残酷だ。

若い頃の友恵と、今の友恵が同じ骨でできているとは、均にはどうしても信じられない。

夢で会う骨は、いつも商店街をうろうろとしていた。

理科の標本のような姿で、人に交じって歩いているが、だれも骨のことを気にとめない。

背中を丸めて、侘びしそうに、なんの目的も持たないまま、ただ歩いている。その歩き方のせいで、よけいに痩せているように見えるのかもしれない。

いつからその夢を見るようになったのか、記憶にない。

ただ、「ああ、またこの夢だ」とか「またこいつに会ったなあ」といつも考えるのだが、それも夢の中だけにその記憶もおぼろげだ。いつからはじまったのかも思い出せないまま、均はときどき骨の夢を見る。

ときどき、昼の出来事となにか関係しているのでは、と思うこともある。メモでも取ってみればわかるのかもしれないが、所詮夢は夢でしかなく、起きてしばらくすればすっかり頭から抜け落ちてしまう。次に思い出すのは、また同じ夢を見たときだ。

まあ、不気味な夢だが悪夢というほどではない。実際夢を見ている間は、その骨が歩いているところに遭遇してもまったく怖いとは思わないのだ。

現実やホラー映画の中では、白骨が歩いていれば震え上がると思うのに、夢の中の均は「なんだか侘びしそうだなあ」とか「メシくってるんだろうか」などと間抜けなことを考えている。

その整合性のなさが夢なのかもしれないが。

現実世界には、飛び上がるほどうれしいこともない代わりに、不安もあまりない。父親の代からやっている米穀店は年々注文が減っていく。若い人たちはスーパーで米を買い、米穀店で買って届けてもらうなどという考えは端《はな》っから持っていない。長年のお得意様だけを相手に商売しているような状態だ。

ただ、息子の篤紀《あつのり》は清白台《すずしろだい》にあるオフィス用品のレンタル会社に勤めている。篤紀は家にきちんと金を入れてくれるし、あと数年すれば均も国民年金をもらえる。米穀店の売り上げだけで一家三人を食べさせて、篤紀を大学までやったことを思えば、ずいぶん気楽になった。

家のローンも払い終わったし、売り上げが減ったとしても贅沢をしなければ充分やっていける。

米穀店がこの先、再び繁盛するようになることは、たぶんもうないと思う。フランチャイズのコンビニエンスストアをやらないかという誘いはときどき受けるが、もう六十を目前にした自分は、新しいことをはじめるには年を取りすぎている。

今のまま、のんびり米穀店を続けて働けなくなる頃に店を閉めればいい。

中森米穀店がある川巻町《かわまきちょう》の商店街は、年々寂れてきている。

二十年も前は人通りも絶えなかったし、シャッターが下りたままの店などなかった。

今は半分近くの店がシャッターを下ろしたまま、新しい買い手もつかない。

こんな未来など、自分ががむしゃらに働いていた頃は想像もしていなかった。同時に思う。自分が今、若くなくて本当によかったと。

こんな時代に、若者をやるなんて、どんなに息が詰まることだろう。


「さわやか書店」が店を閉めると聞いたのは一ヶ月前だった。

しかも聞いたときには、在庫の返品をはじめている最中ですでに三日後には営業をやめてしまうという話だった。

均は配達を終えると、友恵に店を任せてさわやか書店を訪れた。

「あら、中森さん、こんにちは」

レジに座っているのは時子だった。以前は夫の公夫と一緒に店をやっていたが、公夫はよそに働きに出るようになり、今は一日数時間のパートを雇いながら時子がひとりで店番をしている。

五十代を目前にしているはずだが、まだ若々しく仕事を辞めるような年齢ではない。

店内には立ち読みをしている若者がひとりいるだけだった。

「閉店すると聞いたが……本当かい？」

そう聞くと、時子は目を細めて笑った。笑顔は自然だが、目の奥は少し暗い。

「お客さん、入ってたじゃないか」

均が店を閉めて帰るときには、さわやか書店はまだ開いていて、店の外側の雑誌コーナーに客が群がっていた。この商店街の中ではいちばん繁盛している店だと言ってもいい。

「今年初めに腰を痛めてしまってから、荷解きや返品作業がつらくって……ほら、本って重いでしょう」

そういえば、一月に時子は二週間ほど店を休んでいた。ぎっくり腰だとあとで聞いた。

「それだけじゃなくて、去年あたりから万引きも増えて……集団でやってきて防犯カメラを遮るようにして立ち読みして、気がついたらごっそりやられてるの。前は欲しい本をこっそり盗むという感じだったんだけど、最近では棚ごと盗られるから被害も大きくて……」

「欲しくない本を盗んでどうするつもりなんだろうな」

「国道沿いに大きな古書店があるでしょ。チェーン店の。あそこに持ち込むみたいよ。あとはインターネットでオークションに出したりとか……」

他人事《ひとごと》ながらそれを聞いて腹が立ってくる。それは万引きではなく窃盗と呼んでもいいほどの犯罪だ。

「だんだん、なんのために働いてるのかわからなくなってきちゃって……中森さん、英《はなぶさ》キアラって歌手知ってます？」

「ああ、テレビによく出ているな」

派手に染めた金髪と、狸のように目のまわりを黒く塗ったアイメイク。どこがいいのかわからないが、テレビコマーシャルや駅のポスターなどでもよく見るから、若い子には人気があるのだろう。

「二ヶ月前、彼女が小説を書いて、それがベストセラーになったんだけど、うちに入ってきたのはたった二冊。問い合わせはいっぱいあるのに、取次にお願いしても全然回してもらえない。注文してくれたお客さんも、『インターネットで買ったから』とか『よその大型書店にあったから』と言って、すぐに注文を取り消してしまうし……。それなのに、今月に入ってから三十冊もまわしてきたのよ。馬鹿にしてるとしか思えない」

時子は笑顔のまま、そう話し続けた。

だが怒りはふつふつと感じた。接客業をし続けたせいで、怒りが渦巻いているときでも笑顔でいられるようになったのだろうか、などと均は考える。

「今月になったらもう売れないわよ。欲しい人はみんなよそで買ってしまってるんだから。もともと口コミで評判になるような本じゃないし、彼女のファンだけが買ってるのよ」

ファンならば発売してすぐに手に取りたいと思うだろう。訪れた書店になければ、よその書店に探しに行く。

たしかに、入り口の近くの平台《ひらだい》に「英キアラ」という著者名の本が十冊積んである。まわりに積んである本と比べて、その山は高い。

「売れないなら返品すればいいじゃないか」

書籍は再販制度に守られている。売れなくても問屋に返すことができるなんて、ほかの商品を売っている人間からすれば、夢のようだ。値段が決まっているのも羨ましい。安売りスーパーと同じ価格をつけることは、小さな小売店には難しく、値段だけを比べられると勝ち目はない。だが、本ならば大きな店だからといって、無闇に安い値段をつけることはできない。同じ土俵で勝負できる。

「それでも、発売日か、せめて同じ週に二十冊なり、三十冊なり入れてくれれば、いくら小さな書店でもさばけたもの。そんなことばかりで、なんかちょっと疲れてきちゃって……うちみたいな小さな書店は、出版社や取次にも重要視されてないんだなって思ったりして」

自分の判断ミス以外の理由で、売り上げを逃してしまうのは確かに悔しいだろう。ただでさえ、今は小売業が余裕を持っていられる時代ではない。

「ちょうど、知り合いの紹介で、この商店街に貸店舗を探しているという人がいたから、店を閉めて貸すことにしたの」

それを聞いて、均は少し驚いた。

てっきり、ここも他の店のように空き店舗になるとばかり思っていた。貸せるのなら、賃貸料が入るから、まだいい。だが、こんな寂れた商店街で新しい店を開こうというのは、いったいどんな人間なのだろう。

「なんの店になるのかな？」

「ブティックだそうよ。もともと川巻の人で、東京でお店をやってたんだけど、こっちに戻ってきたらしいわ」

「なにを好きこのんで……」

この土地が嫌いなわけではない。均は川巻が好きで、ここに骨を埋めるつもりでいたが、それでもそう言わずにはいられない。

東京でうまくいかない人間が、ここでうまくいくはずがない。ましてやブティックなんて、失敗することが目に見えている。

この街にあるのは、肌着や靴下などを中心に扱う洋品店だけだし、服を買うときはたいてい電車に乗って清白台か、もっと大きな街に出る。

おしゃれな服を好むような若い人たちは、そもそも数が少ない。なぜ、こんな街で店を開こうと考えたのか理解できない。

均が言いたいことを察したのだろう。時子が話を続けた。

「一応、こちらに戻って半年くらい経っていて、現状はよくわかってるというんだけど……まあ、しっかりした方だったし大丈夫じゃないかと思っているのよ」

時子はそう思いたいだろう。もし店が早々につぶれれば、賃貸料は期待できないわけだから。だが、均には無謀な試みとしか思えない。

「お母さんがご病気になって、介護のためにこちらに戻ってきたそうなの。東京ではもう十年以上お店をやってらしたそうだけど、こっちではどうかしらね」

それなら商売のノウハウはわかっているだろうが、それでも東京と川巻では勝手が違うだろう。

「せめて、清白台とかの方がいいんじゃないかねえ」

「わたしもそうは思ったんだけど、先方さんの希望だからねえ……」

見通しが甘いとは思うが、まあ時子に言っても仕方がない。それにその経営者がなにを考えていようが、均には関わりのないことだ。

「しかし書店がなくなると、不便になるなあ」

そう言うと、時子は曖昧に笑った。

店を出てから気がついた。自分はもう何ヶ月も、週刊誌の一冊も買っていない。

お天道様に恥じるようなことは一切するな。

それが亡くなった父の口癖だった。

高校生の頃、煙草を吸って顔が腫れるほど殴られたこともある。二十代の頃、競馬に熱中して貯金を使い果たしてしまったことが知られたときも、父は激怒した。大人になっても、父のことは恐ろしかった。少なくとも均が四十代くらいまでは。

それから父は少しずつ小さくなっていった。それからも腹を立てることはあったが、その父の怒りに震え上がることもなくなり、なんとなくやりすごすようになってしばらくして、父は肺炎をこじらせて死んだ。

七十八歳という年齢は、早いような気もするが、かといって早すぎることもない。母親は均が三十代の頃、五十代の若さで死んだ。それを思えば、充分長生きしたという思いと、もう少し生きていて欲しかったという気持ちが錯綜した。

少なくとも、自分は父の教えを守ることができた。それが均の自負だ。あと、篤紀が少しでも早く結婚して、孫の顔を見せてくれれば、それ以上望むことはなにもない。

篤紀は若い頃の友恵に似て、なかなかの二枚目だ。

身長が高くて痩せているところは自分に似ている。親の欲目もあるだろうが、まじめで優しいし、女性に嫌われるようなところはひとつもないはずだ。

奥手なのか、彼女を家に連れてきたこともなく、見合いの話も全部断っている。まあ、二十九歳だから、まだしばらくは自由でいたいのかもしれない。田舎にいると出会いは少ないが、かといってゼロだというわけではない。

均も友恵と知り合って、結婚することができた。

家にこもりっきりだとか、女性をとっかえひっかえするような男なら心配だが、少し控えめなくらいなら女性からも好感を持たれるだろう。自慢の息子と言ってもいい。

これまで、友恵以外の女性にまったく心を奪われなかったわけではないが、それはすべて夜の盛り場で働く女だった。友恵に知られるほど入れ込んだこともなく、ほんの少し遊んだだけだ。

このくらいならば、天に恥じることはないと言い切ってもいいと考えている。男ならばそのくらいのことはあって当然だ。多少はもてたという証拠だ。

天国にいる父も、たぶんそう言うだろう。


昔は配達に行くのは、いつも車だった。ミニバンの後ろに十キロの米袋をいくつも積んで、次々に得意先をまわった。最近では、自転車でことが足りることもある。

午前と午後、だいたい二回に分けて配達に行くが、一回の配達が三軒以下で、近くばかりのときは、自転車の荷台に米袋をくくりつけて行く。

ガソリン代の節約にもなるし、なにより運動不足が少しは解消される。昔は、商店街の仲間とゴルフもやったが、やはりゴルフは金がかかる。かといって、ほかに趣味にしているスポーツもない。

天気が悪くなければ、自転車もなかなかいいものだ。

くくりつけていた重い米袋がひとつ減り、ふたつ減り、としていくうちに、どんどんペダルが軽くなり、最後にはからっぽになる。そのときの開放感が気持ちいい。

人生もこうであればいいと思う。最初が大変で、年を取れば取るほど少しずつ楽になっていって、最後は重い荷物などなにもなくなって、身軽になる。

現実には、年を重ねれば重ねるほど、身体のあちこちにがたがきて、足取りは重くなっていくものだが、少なくとも気持ちだけはそうありたいと思う。

帰り道、商店街を走っていて、おや、と思った。

さわやか書店だった店に、工事が入っている。白い壁はやわらかなピンクに塗り上げられ、内装にもかなり手が入れられているようだった。

若い女性向けの店だな、と思った。

駅からは近いが、人の少ないこの土地で、どう考えても無謀なように思える。意地悪な好奇心のようなものが芽生えた。

どうせ東京で店をやっていたせいで、甘く考えているのだろう。貸店舗なのに壁の色まで塗り替えて、ずいぶん金をかけている。

何ヶ月で音を上げて立ち去るだろうか。店主がどれだけの資金を持っているかによって変わってくるだろうが、三年は持つまい。せいぜい、一年か、もしかしたら半年。娯楽の少ないこの町では、知らない人間の不幸は充分娯楽になる。もちろん、事故や病気ならばそんなことは考えないが、無謀なことをやって失敗するのはあくまでも自分の責任だ。

店の前を通り過ぎながら、均は考えた。

見届けてやろうじゃないか。どれだけうまくこの町でやっていくのかを。

もし、均の思惑が外れて店が繁盛すれば、商店街には新しい風が吹く。それはそれでいいことだ。

さすがに中森米穀店に、客が流れることは考えられないが、それでも古くからこの商店街にある喫茶店やパン屋などにはいい影響があるかもしれない。

どちらに転んでも均には他人事だ。部外者として楽しめばいい。

もちろん、失敗するという可能性の方が圧倒的に現実的だろう。

そう考えながら、均はペダルに力を込めた。二年前に閉店した漬物屋の庇《ひさし》が、風で乾いた音を立てた。


その日、夕食のテーブルに篤紀の姿はなかった。

篤紀がいないと、献立があからさまに変わる。手抜きというわけではないのだが、肉や揚げ物というボリュームのある料理の代わりに焼き魚や刺身が食卓に並ぶ。

たしかに均自身も、若い頃のように肉が欲しいとは思わなくなっている。太ってはいないといっても、コレステロール値は少し高めで、食事に気をつけなくてはならない。

ただ、いかにも中高年の食卓といったメニューが並ぶと、少し気が滅入るだけだ。

最近まで、週末だけだと決めていたビールを冷蔵庫から出して、プルトップを引いた。友恵はちらりと見たが、文句は言わなかった。

「篤紀はどうしたんだ？　仕事か？」

「友達と会うって言ってましたよ」

友恵はまだ味噌汁を作っているが、先にテーブルの上にある冷や奴に箸をつける。

篤紀は週に二、三回、夕食を外で食べる。残業の日は遅くなっても、家に帰って食事を取るから、食事をしない日はだいたいプライベートで遊びに行っているようだ。会社の同僚との飲み会などもあるだろうが、最近、その回数が増えたように感じている。

「なあ、あいつ彼女でもできたんじゃないか？」

そう言ったが、友恵はなにも言わなかった。

前から、友恵にはそんなところがあった。

篤紀の女性関係や、結婚のことについて言及すると、答えを濁す。機嫌が悪くなることもある。まだ、子離れができていないのだろう。

母親にはそんなところがある。いつまで経っても息子を、側《そば》に置いておきたがるのだ。父親はそういうわけにはいかない。まだ二十代とはいえ、いい年をした息子がいつまでも家にいるのは、正直みっともないと考えている。

「彼女がいるのなら、家に連れてこいと言ってやれよ」

味噌汁と茶碗を持ってきた友恵にそう言うと、彼女はあからさまに顔をしかめた。

「いやですよ。連れてきたくなったら、連れてくるでしょう」

「最近の若いやつは、背中を押してやらないとなかなかそんな気にはならないんだよ」

均が若かった頃と違って、最近では若い女性も学校を卒業すればみんな仕事に就く。家事手伝いなどと言うことばは、すでに耳にすることもない。

それはいい。そんな風潮に眉をひそめるほど、均も頭が固いわけではない。

だが、男女とも仕事を持ち、経済力があるということは、結婚をつい先延ばしにしてしまうことになりがちだ。昔は、女性が二十代後半にもなれば、未婚であることを恥ずかしいと感じていたものだが、最近の女性はそんな意識もないようだ。

だからこそ、まわりの大人がせっついてやらなければならないと考えている。頭が固いとか、古い人間だと笑われても、それが彼らのためなのだ。

友恵は、自分の分だけご飯をよそって、食卓に着いた。均はビールを開けたから、飯はあとでいい。

「男は家庭を持って一人前なんだからな」

そう言うと、友恵は均の顔も見ずに答えた。

「今時、そんなのは流行りませんよ」

むっとする。若者に否定されるのはわかるが、自分の妻にそう言われるのは不本意だ。

「じゃあ、おまえは篤紀が、いつまでも独り身でいいと思っているのか？」

それにはまた友恵は答えない。

友恵は本当にそれでもいいと考えているのかもしれない。結婚すれば、嫁に篤紀を取られるような気がしているのだろう。

昔から、息子を猫かわいがりしていた母親だった。まともに育ったからよかったようなものの、ひとつ間違えば取り返しのつかないことになっていたかもしれない。

「あの子はしっかりした子だから、自分のことは自分でちゃんと決めますよ」

友恵はぬか漬けを自分の皿に取り分けながらそう言った。

たしかに、今まで篤紀に困らされたという記憶はほとんどない。まじめで近所の人にも礼儀正しく、問題を起こさない子供だった。だが、だからこそ気にかかるのだ。

そういう子の方が、社会に出てから壁にぶつかることが多いと聞く。

友恵はたぶん、息子を愛しすぎて目が曇っているのだ。

それは受け入れるしかない。愛しすぎるなと言っても、無理なことだろうから。だが、その分、自分が男親としてしっかりしておかなければならないと、あらためて考える。

「おまえだって、孫の顔が見たいだろう」

そう言うと、友恵はまた聞こえないふりをした。

二週間くらい後、商店街をぶらぶらと歩いていた均は、ふと足を止めた。

さわやか書店だった場所――ピンクに塗り替えられた店の前に、フラワーアレンジメントが置かれている。

開店祝いの花輪のような派手なものではない。赤や黄色のガーベラや薔薇があしらわれた小ぶりで品のいいものだ。見れば、店の前にはしっかり看板が出ていた。

――ランジェリーショップ・シフォン・リボン・シフォン

それを見て、均は驚いた。ブティックだと時子は言わなかっただろうか。

いや、たしかにブティックの一種かもしれないが、それでも普通のブティックとランジェリーショップはまったく違う。

時子は相手が男だから曖昧な表現を使ったのかもしれない。

興味を引かれて、ちらりと店をのぞいた。

ピンクの格子のドアは、しっかりと閉められている。自動ドアでもないから、自分でノブを握って開けなければならない。

どうやら、「客が入りやすいように」ということはまったく考慮されていないようだ。むしろ、あえて入りにくい作りにしてあるように見える。

店の中も格子の間から一部は見えるが、ほとんどは白いカーテンで隠されている。ランジェリーショップなら、商品を選んでいる姿を人から見られるのは嫌がる人もいるだろうが、それにしたってこんな店に足を踏み入れる人間はいるのだろうか。

ドアには、OPENと書かれた真鍮《しんちゅう》の札がかかっているから、すでに営業はしているのだろうが、中に人がいる気配はない。

なにげなく、ショーウィンドウをのぞいて、どきりとする。

飾ってあるのは鮮やかなショッキングピンクのブラジャーとショーツだった。横には深いワインレッドのキャミソール。見れば、パールやリボンなどで飾られたまるでアクセサリーのようなショーツもある。

さすがに唖然とするしかない。

こんなものを身につける女性が、川巻町にいるはずはない。清白台のクラブのホステスですら、こんな派手な下着はつけていなかった。

呆れ果てると同時に、好奇心も湧いてくる。

いったい、どんな人間がこんな店をやっているのだろう。

もう一度のぞき込んだが、ドアの格子からでは、商品が並んでいるところしか見えない。かといって、こんな店に入る勇気はない。

店を離れて歩き出して、もう一度振り返った。

人通りの少ない商店街の中、華やかなピンクの店は腫瘍かなにかのように異質だった。


また、骨の夢を見た。

アーケードに照明だけがついた夜の商店街を、背中を丸めて骨は歩いていた。なにやらいっぱいに詰め込んだスーパーの袋を、重そうにぶら下げている。重いものを持っても、腕の骨がばらばらになったりしないのだろうか、と、均は少し後ろを歩きながら考える。

骨を見かけた時点で、自分が夢を見ていることには気づいている。

だが、夢だからと言って、そこらの店に忍び込んでレジから現金を盗んだり、行き交う若くてきれいな女性に抱きついたり、嫌いな奴を殴ったりする気にはならない。

ただ、前を歩く骨を見ているだけだ。

骨の性別など気にしたことはなかったが、どうも女性のような気がする。

歩く足取りは小幅だし、ときどき、手を口元にやって考え込んでいる。

ふと思った。骨は骨として、存在を認められているのだろうか。幽霊のようなもので、自分にしか見えないのか。それともすれ違う他の人たちも彼女、もしくは彼の存在に気づいていて、その異質さに怯えているのか。

ふいに、骨が足を止めて、後ろを振り返った。

眼球のないふたつの穴が、自分を見た気がして、均は息を呑んだ。

だが、骨は軽く首を振ると、また前を向いて歩き始めた。

目が覚めると、首元が汗でぐっしょりと濡れていた。

ランジェリーショップに立ち入る機会は、思ったより早く訪れた。

商店街にある「珈琲《コーヒー》専門店・浪漫《ろまん》」で、コーヒーを飲んでいると、店長の直原が言った。

「中森さん、あの新しい女性下着屋について、なにか知ってる？」

「いいや、時子さんの知人の紹介で、店を借りることになったってくらいしか知らんよ」

直原はコーヒー豆を焙煎《ばいせん》しながら言う。ここのコーヒーは毎日彼が焙煎しているから、スーパーやショッピングモールで買うよりもずっと美味い。

「挨拶にくるかなあと思ったんだが、微妙な距離だもんなあ」

たしかに、下着屋の両隣、三軒ほどは空き店舗でまったく使われていない。浪漫は一ブロックほど離れていて、たしかに挨拶にこなければ失礼というような距離ではない。

「いやね、商店街の自治会に入ってもらった方がいいと思うんだけどね。なんかとてもじゃないけど、男ひとりでは入れない店だろう？」

直原は離婚して、高校生の娘とふたりで暮らしている。自分で行くのも嫌だが、まだ高校生の娘に使いで行かせるのも気が進まないのだろう。

たまにしか集会は開いていないが、この商店街にも自治会はある。年に一度、夏祭りの前などは頻繁に集まるが、トラブルや改修工事でもない限り、普段は存在を忘れている。そういえば、直原は今年、会長をやっているのだった。

均も十年ほど前、一度会長をやった。その年はたまたまアーケードの改修工事を行ったので、普通の年の何倍も働いた。率先して、苦労を引き受けたおかげで、十年経っても均はこの商店街で一目置かれている。

「修繕用の積立金ももらわないといけないし……あんな店でなければ、ちょっとのぞいて声をかけてくるんだけどさあ。中森さんところの奥さん、代わりに話してきてくれないかなあ」

「ああ、いいよ」

均は軽く請け合った。

「お、助かるよ。時間のあるときでいいからさ」

友恵に頼むつもりはない。こんな機会でもなければ、店の中をのぞくことなどできない。

気恥ずかしさはないわけではないが、それよりは好奇心の方がはるかに大きい。

店に堂々と入れる理由があるなら、そんな好機を逃すつもりはない。

直原から、自治会の入会届けと積立金の口座振替依頼書をもらうと、均は浪漫を出た。

そのまま直接、ランジェリーショップに足を向ける。ドアの隙間から中をのぞくと、客はだれもいなかった。

――そら見ろ。

やはり閑古鳥が鳴いている。実用的なものならともかく、こんな派手な下着屋に需要があるわけがないのだ。

「ごめんください」

声をかけながら中に入る。返事はない。

内装も、ピンクや白で統一されていて、立っているだけで落ち着かない。とりあえずあたりを見回す。

奥行きのある店の中は、どこもかしこも派手なブラジャーやショーツで飾られていた。白やピンクなどの清楚なものもあるが、シルクのような素材だったり、華やかなレースやリボンがついていたりする。

息が詰まりそうだ、と思った。

週刊誌のグラビアで、美しい女性が身につけているのを見れば心が躍るのに、なぜか人の身体から離れてしまうとひどく滑稽なものに見えた。

下着など実用的なもののはずなのに、この過剰さはいったいなんなのだろう。美しく、洗練されているということは、女性のファッションに興味のない均でもよくわかった。

去年、商店街の仲間と行った温泉街の、下世話なセクシーショップで売っていたランジェリーは、ここにあるのと比べて、ずっと安っぽく、淫《みだ》らでどぎつかった。だから、どんなにレースやリボンで飾られていても、まだ親しみが持てた。

だが、ここにある下着はそれとはまるで違う。

派手なものもセクシーなものもあるが、それだけではない。もっと得体の知れない不気味なものに見えた。

男をそそるためのものではない。もっと強烈な女の自意識のようなものを押しつけられた気分だった。

店に入る前にあった興味と好奇心は、下着を身につけたトルソーたちに見下ろされているうちにすっかり萎《な》えてしまっていた。早く用事を済ませてここから出たかった。

ぼんやりしていると、奥のカーテンが開いた。

出てきたのは、背の高いショートカットの女性だった。四十代くらいだろうか。

「いらっしゃいませ?」

語尾にクエスチョンマークがついたような気がするのは、たぶん均が客だとは思えなかったせいだろう。

六十前の、白髪のオヤジがひとりで店にくることはないはずだ。ホステスなどの同伴で現れることはあっても。

均は早口に言った。

「この商店街で米穀店をやってる中森ですが、商店街の自治会のことについてお話が」

「あら」

彼女は大げさに手を前で合わせた。

「ごめんなさい。わたしも時子さんから自治会があることは聞いていて、どなたかにお伺いしにいかなきゃ、と思ってたんです」

こちらにどうぞ、と店の真ん中にあるソファを勧められる。

赤い花びらのような形をしている、奇妙で美しいソファに腰を下ろしたが、尻がもぞもぞする。このソファもオヤジに座られることなど、想定して作られていないはずだ。

自治会の入会届けや、修繕費の積立金などについて早口で説明した。商店街にいるのも長く、何度もやっていることだからお手の物だが、どうも緊張する。

だが、目の前の女性は、頭の中で描いていた想像とはまったく違った。

ランジェリーショップの店主ならば、派手な化粧をして指輪などをじゃらじゃらつけた女っぽい中年女性かと思っていたが、彼女はむしろボーイッシュといってもいい空気をまとっていた。

耳が完全に露出するほど短い髪。黒いセーターと細身のパンツを身につけて、化粧もほとんどしていない。高めのヒールと、小さいダイヤのピアスだけが女を感じさせる。

だが、黒いリブニットを身につけた身体のラインは、少しもたるんでおらず、スリムで、物腰も上品だ。

若さを保った魅力的な女性だとは思うが、色気があるとは言えない。

彼女は特にごねることもなく、礼儀正しく話を聞き、入会届けと積立金の口座振替依頼書を受け取った。

「入会届けの方は、待っていただいたら今お渡ししますけど、銀行印はちょっと家に置いてきてしまったんです。明日でもいいでしょうか」

そう言われたので、軽く手を振った。

「いや、別に急ぐものじゃないんだ。近いうちに、『浪漫』という喫茶店に持っていってくれればいいから。今年はあそこの直原さんが会長だから」

「わかりました。どうもありがとうございます」

気を悪くされるかと思ったが、言ってみた。

「こんな田舎で、こんな洒落《しゃれ》た店をやって大丈夫かい。客はちゃんときてるのかい」

言ってから、少し不躾《ぶしつけ》だったかと思ったが、まあ悪気があってのことではない。

彼女は口元をほころばせて言った。

「ええ、もともと東京で、お店をやりつつインターネットでの販売もやってたんですけど、ネットで固定客がついてきたので、川巻に戻ってきたんです。店頭販売の方もこれから頑張っていきたいと思っています」

それを聞いて、少し驚いた。下着をインターネットで買うなんて、均の感覚ではありえない。

下着などは大型スーパーの下着売り場で千円前後のものを選んで、カゴの中に放り込むものだと思っていた。だいたいは擦り切れれば、友恵がいつの間にか新しいものをタンスの中に用意してくれている。

女性ものは男性ものよりは高いかもしれないが、友恵だって同じようにスーパーでしか買っていないはずだ。

下着をインターネットで買う、というのは、靴下をインターネットで買うのと同じくらい馬鹿げたことのように思える。

「ご挨拶が遅くなりました。わたし、水橋《みずはし》と申します」

彼女は名刺を差し出した。店の内装と同じく、淡いピンクの名刺だった。

——ランジェリーショップ・シフォン・リボン・シフォン　店長　水橋かなえ
そう書かれた名刺を受け取って、どうしていいのかわからず、胸ポケットにしまった。

「これ、よろしかったら奥様かお嬢様にどうぞ」

差し出されたのは、カラーで印刷されたカタログのようなものだった。それを白い紙袋に入れて、彼女は均に渡した。

紙袋までピンクでなかったことに少しほっとして、それを受け取る。

店を出るときに、ついあたりを見回してしまった。知っている人に見つかると、気恥ずかしいような気がしたのだ。

幸い、中学生がひとり、自転車でこちらを見もせずに通り抜けただけだった。


店に帰ってカタログを開いてみた。

店にあったような派手で、高そうな下着が載っている。ブラジャー一枚が一万五千円だとか二万円だとかの値段がついているのを見て、目を剝《む》く。

馬鹿馬鹿しい。こんななんの役にも立たないもののために、高い金を払うなんて酔狂以外のなにものでもない。

たしかにカタログには、インターネットのアドレスらしきものが載っている。東京にも支店があるようだが、こちらは人に任せているのだろうか。

フランス製や、イタリア製の下着だけではなく、オリジナル商品なども少し作っているようだ。ブラジャーやショーツではなく、パジャマやガウンのような部屋着ばかりだ。

下着を身につけているのは、すべて細い身体をした西洋人や黒人のモデルで、色気など少しも感じられない。

均の人生にはなんの関係もなく、関わりたいとも思えない店だった。

だいたい、インターネットで固定客がいるから川巻で商売をするだなんて、川巻町のことを馬鹿にしていると思う。

いくらあそこの店が繁盛しても、商店街は寂れたままだということではないか。

カタログをくずかごに投げ入れた。友恵に見せようとも思わなかった。下手に見せて、欲しいなどと言われたら困る。

名刺はさすがに捨てる気にはならず、机の引き出しにしまう。

あの女は独り身なのだろうか。それとも夫がいるのだろうか。

均が彼女の夫ならば、こんな商売はさせない。ピンクに塗った店と、馬鹿げた値段のついた滑稽な下着たち。一時的にはうまくいっても、泡のようにはじけてしまうだけだ。

均は、人間にとって必要なものを商っているという実感がある。それは誇りでもある。

彼女には、こんな気持ちは一生わかるまい。

その日の夕食は、すき焼きだった。

中森米穀店は七時閉店だから、それから後片付けをして家に帰ると八時近くになる。友恵は夕食の準備のため、早く帰らせているが、それでも夕食は八時半か九時を過ぎることもある。

均はだいたい、飯を食い終わるとさっさと風呂に入って十時過ぎには床につく。夕食の時間と就寝時間が近いのは身体に悪いと思うが、店をやっていると仕方がない。

思えば、子供の頃からそうだった。両親も同じように店をやっていたから、夕食の時間はいつも九時近かった。

父親が会社員の友達は、六時を過ぎると「もうすぐ夕ごはんだから」と帰って行く。六時に帰っても家にはだれもいないから、暗い公園で弟とキャッチボールをずっとやっていた。

空きっ腹を抱えて両親を待つのはつらかった。他の家の前から、カレーだのおでんだののいい匂いが流れてきて、均は思った。

自分は絶対商売人なんかにならない、と。

会社員になって、毎日ネクタイを締めて出かけていき、日曜日には家で子供と遊ぶのだ、と。

もっとも大人になればいろんな面が見えてくる。羨ましいと思っていた会社員も、自由にならない大変な仕事だと知った。

高校を出て米穀店を継いだのは、父がそう望んだからだが、それでも無理矢理押しつけられたわけではない。弟の幸雄《ゆきお》は均よりも頭がよく、いい大学に進んだ。結局は彼も、学者や医者になるほど優秀だったわけではなく、会社員になったわけだが。

正月やお盆に会って酒を飲むと、幸雄はいつも言う。

「そりゃあ、大変なことも多いだろうけどさ。やっぱり一国一城の主がいいよ。雇われて、だれかの下で働くよりもさ」

自分だけ大学に行かせてもらったことへの引け目もあるだろうが、少しは本音も混じっているだろう。

たしかに、だれかの顔色をうかがって生きるのは気が重い。米穀店を継いだことは後悔していない。

篤紀は最初からまったく店を継ぐつもりはないようだった。

仕方がない。彼が高校生になった頃には、商売はすでに下り坂になってきていた。別の小売業に転業するならともかく、米穀店のままこの先もやっていくことは難しい。

だが、それは均にとって、抜くことのできない心の棘《とげ》だった。

自分が父の背中を見て、米屋を継ぐことを決めたように、篤紀にも自分の背中を見て育ってほしかった。最終的に別の道を選んだとしても、「米屋になりたい」と望んでほしかった。

だが、彼は小学校の作文や卒業文集の将来の夢でも、「米屋」とはひとことも書かなかった。ペットショップとかコックさんとか子供っぽい夢ばかりを書いていた。

親に心配をかけない子ではあるが、一方で親を喜ばせようという気持ちもあまりない子だった。マイペースというのだろうか。

それは今でもまったく変わらない。

その日も、早く帰るというからすき焼きにしたのに、八時半になって電話がかかってきた。

「ごめん、少し遅れるから先に食べてて」

そう言うから、

「肉は残ってないぞ」と答えると、笑い声が返ってきた。

彼の年代は自分たちと違って、それほど肉に対する執着はないのかもしれない。自分などは弟とどちらの肉が多いか、大きいかとかで喧嘩ばかりしていたものだが。

もっとも、篤紀の分の肉まで本気で食べるつもりは均にもない。それをわかっているのかもしれないが。

均や友恵がだいたい食べ終えた頃、篤紀が帰ってきた。

「ああ、疲れた」

そう言いながら台所に行き、缶ビールを取ってくる。なんとなく機嫌がいいような気がした。

一度、二階の部屋に上がってスーツを部屋着に着替えてから戻ってくる。

篤紀は椅子に腰掛けると、自分で鍋に肉と野菜を入れはじめた。その横顔を眺める。

思い切って聞いた。

「おまえ、彼女とかはいないのか」

彼は箸を止めて、驚いたような顔で均を見た。

「なんだよ、父さん、藪《やぶ》から棒に」

「いるんなら、家に連れてこいよ。おまえだってもういい加減いい年なんだから」

「いないよ。できたら連れてくるよ」

そう言われることは予想していた。均は軽く咳払いをした。

「いないなら、今度、市でお見合いパーティみたいなのがあるそうだ。そういうのにも参加して、積極的に探さないといい子はさっさと売れてしまうぞ」

「お父さん」

なぜか友恵がとがめるような声で均を呼んだ。

「そんな話はいいじゃないですか」

なぜ、自分がとがめられるのかがわからない。均は友恵の方を見た。

「だいたい、おまえが甘やかすからいくつになっても」

「母さんは関係ないだろ！」

篤紀ににらみつけられて戸惑う。

なぜ、自分がふたりから責められているような形になっているのだ。息子のことを思って、助言してやっているのに。

腹が立って椅子から立ち上がった。

「なら、勝手にすればいい。一生独りでいろ！」

そのまま自室に入って、力任せにドアを閉めた。謝るのなら今のうちだ、そういう気持ちを含めての行動だった。

だが、ドアは閉まったままだった。台所からふたりが話す声が聞こえるが、声を潜めているのか、内容までは聞き取れない。

腹立たしさをどうすることもできず、均はテレビをつけて、音量を上げた。


また骨の夢を見た。

これまでと違うのは、骨が妙に上機嫌だったことだ。スキップするような足取りで、夜の商店街を歩いている。

いつもと同じように後ろを歩きながら考え込む。

骨にも家族がいるのだろうか。その家族は普通の人間なのか、それとも同じ骨なのか。骨が四人で食卓を囲んでいるところを想像して、ぞっとした。

骨だけの存在では声を出すこともできないだろう。ぎしぎしと、骨が軋《きし》んで鳴る音だけが部屋に響く。

その不気味さを思えば、こんな骨はたったひとりでいてほしいという気もする。

しかも、寂しげに背中を丸めて歩いていてくれた方がいい。こんな不気味な存在が楽しげに歩いているのは、どうもよけいに気持ちが悪い。

そう思ったときだった。

骨がまた、後ろを振り返った。

口が開いて歯が見えた。笑ったのだ、と気づいたのは、数秒あとだ。

両目の暗い穴まで、笑う形に細められた気がした。

年を取ると朝が早くなる。

ただでさえ仕事で重いものを持って体力を使うのに、朝からジョギングや散歩に行くつもりはない。犬でも飼いたい気持ちもあるが、昼間はだれもいない家で留守番をさせるのも可哀相だ。かといって、店に連れて行くわけにもいかない。

仕方がないので、朝は布団の上でごろごろしながら、テレビを見ていることが多い。

友恵は朝ぎりぎりまで眠っていられるようだから、夫婦の寝室はすでに別にしている。

その日は朝から、妙に空腹を感じた。

昨夜は篤紀が遅くなり、あっさりとした料理ばかりだったから消化が早かったのかもしれない。仕方なく、のそのそと起き出して台所に行った。

保温になった炊飯器から残った飯をよそって、冷蔵庫から卵を出して、卵かけ飯を作る。自分で作れるのはこのくらいだから、友恵には先に病気になったり老いてもらっては困る。まあ、だいたい長生きなのは女性の方だから心配することはないだろうが。

醤油をかけて、卵かけ飯をかき込んで、空腹を満たした。

食べ終わった食器は、後片付けしやすいように流し台まで持っていく。これをしなければ、友恵がうるさいのだ。

主婦ならばそんなにうるさいことを言わずに、夫が気持ちよく働けるようにしてくれればいいと思うが、そんな優しさは一切ないようだ。まあ、たしかに、大黒柱は自分だと思っているが、友恵も店で働いているので均もあまり強く出ることができない。

食器を流しに持っていって気づいた。

今日はゴミの日なのか、すでに燃えるゴミがまとめて置いてある。

友恵の習慣で、ゴミは前の日にまとめてゴミ袋の状態で、台所に置く。でなければ、朝起きたときにゴミの日であることを忘れてしまうというのだ。

それはいつものことだ。だが、均の目は透明なゴミ袋の中程に吸い寄せられていた。そこにピンクの紙袋があった。流れるような書体で、「シフォン・リボン・シフォン」と書いてある。

あの下着屋の紙袋だ。内装の色とピンクがまったく一緒だった。

考え込む。まさか、友恵があそこで下着を買ったのだろうか。

最近では性生活もほとんどないが、友恵がどんな下着を身につけているのかはだいたい知っている。タンスも共用だし、洗濯物も目にする。彼女はいつもベージュの地味な色気のないブラジャーとショーツだ。色気のない防寒用の肌着も着ている。

若い頃からずっとそうだった。どう考えても友恵にあの下着はふさわしくはない。

では、篤紀が彼女かなにかにプレゼントするために買ったのだろうか。だが、プレゼントなら紙袋ごと渡すだろう。

この前、カタログをもらったときの紙袋は白だった。だから、あれを友恵が拾ったわけではない。

あまりに謎だが、かといって生ゴミの入った袋を開けて、中を確かめる気にはなれない。聞いてみたい気もするが、自分があの下着屋に関心を持っていると思われるのも嫌だ。

もしかしたら、友恵が近所の奥さんからこの袋でなにか別のものをもらったのかもしれない。

そう考えると気が楽になる。きっと大したことではない。

均はインスタントコーヒーの瓶を棚から出すと、ポットの湯でコーヒーを淹れることにした。


田舎で生活していると、車は必需品だ。

均の家は店から歩いて数分だし、川巻の駅からも近い。だが、それでも車がなければ不便で仕方がない。

配達に必要なのはもちろんだが、商店街で買える日用品は種類が少ない。トイレットペーパーやシャンプーの容器を電車で持って帰るのはやはり面倒だ。

趣味でやっている園芸の苗や肥料なども、国道沿いの園芸用品店に行かなければならないし、市役所や税務署は路線がまったく違う。電車で行こうとすれば、無意味な遠回りを強いられる。

弟の幸雄は、仕事の関係で今は大阪に住んでいる。大阪では車は必要ないから売ってしまったと、以前話していた。

「必要なときは、タクシー使えばいいんだし」

彼はそう言っていたが、だいたい川巻の駅前では客待ちをしているタクシーすらない。いつでも捕まえられるわけではないのだ。

最近の若者は車に興味がなくなったとよく聞く。中森家には車は二台あるが、一台は、配達にも使うミニバンで、もう一台は篤紀が乗っている軽自動車だ。

篤紀は営業職だから、仕事にも車が必要だ。その軽自動車で通勤し、営業にまわっている。だから平日はだいたい、その軽自動車は家にない。

その出来事があったのは、商店街にランジェリーショップができて一ヶ月半ほど経った頃だった。

その日の夕方も、均は自転車で配達にまわっていた。配達先は一軒。年々減っている。昔は一回の配達が一軒なんてことはなかった。

六時過ぎになってから、十キロの米を二袋、荷台にくくりつけて走り出す。商店街を出て、近くにあるコインパーキングの前を通ったとき、均は「おや」と思った。

足をついて自転車を停める。メタルブルーの軽自動車には見覚えがあった。同じ国産車だが四角い箱のような可愛らしい形状をしている。篤紀の車と同じ色、同じ車種だった。

篤紀の車のはずはない。仕事が終わって帰ってきている可能性はあるが、だったら家に車を置くだろう。金を払ってまでコインパーキングに置く必要はない。ここから家までは五分も離れていない。

だが、どう見ても篤紀の車に見える。自転車から降りて、近くに寄ってナンバーを確かめた。

間違いなく篤紀の車だった。

家の近くだが、仕事でまわってきているのかもしれない。仕事なら、駐車場代も経費で落ちるから、コインパーキングに置いているのだろう。

そう自分を納得させて、均はもう一度自転車にまたがった。

だが、違和感は完全にはぬぐえない。

六時は遅すぎるわけではないが、定時の就業時刻はすでに過ぎている。そんな時間まで外回りをするものだろうか。

この前から、篤紀とは険悪な状態になっている。

もっとも、そうしているのは篤紀の方ではなく自分の方だ。篤紀の方から和解してくるのが当然だと思っているから、あえて口をきかなかった。

だが、意外に篤紀は頑固で、彼の方からも積極的に話しかけてくる気配はない。どうしても必要なことのみ、短いことばでやりとりするだけだ。

腹立たしいのは、友恵まで篤紀の側についていることだ。

篤紀が謝ってこないことを愚痴ると、いつもこう言う。

「あの子ももう大人なんだから、放っておいてあげたらいいでしょうに」

それを聞くと、苛立ちが募った。

大人になったとはいえ、篤紀は自分の息子だ。自分の子供のことを心配して、なぜ責められなければならないのだ。

二十歳を超えたから、すぐに心まで大人になるわけではない。それは自分を顧みてもよくわかる。

だが、もう一度こちらから話を持ちかけても同じ結果になることはよくわかっている。

篤紀と友恵が結託して自分を責めるのだ。

男親などつまらない立場だ、と思う。一家のために身を粉にして働いても、子供はいつも母親につくのだ。

帰り道、もう一度駐車場の前を通った。暗がりのコインパーキングには、まだ篤紀の車があった。

昼はだいたい店で、友恵の作った弁当を食べる。そのまま店の奥でひと休みすることもあるが、その日は浪漫までコーヒーを飲みに行った。

浪漫には他に客はいなかった。直原は、カウンターの中で週刊誌をぱらぱらめくっていた。

「ああ、中森さんいらっしゃい」

ブレンドコーヒーを注文すると、豆を挽くところからはじめて、サイフォンでコーヒーを淹れてくれる。

「そういやさ、篤紀くんは元気か？」

珍しいことを尋ねられて、均は広げたスポーツ新聞から顔を上げた。

「ああ、元気だが、どうかしたのか？」

「なんかさ、うちの麻由《まゆ》がひさしぶりに篤紀くんを見かけたって言うからさ」

麻由は直原の娘である。直原によく似て平たい顔をした背の低い女の子だ。美人というわけではないのに、焼けた肌のつややかさだとか、笑顔だとかがこの年になってみると、まぶしくて仕方がない。

ある程度以上の年齢の男が、若い娘に鼻の下を伸ばすのは単なる助平心だけではないと思う。子供の頃から知っている麻由にいやらしい気持ちなどは持つはずもないが、それでも彼女に挨拶されると、少し気分が上向きになるのだ。

たぶん若さを少し分けてもらったような気分になれるのだろう。

だが、同じ町に住んでいるのだ。麻由が篤紀を見かけたからといって、わざわざ均に報告するほどの話ではない。

直原はなぜか少し微妙な顔をした。

「どうかしたのか?」

「いや……篤紀くん、あの店から出てきたって言うんだよね。昨日の九時過ぎに」

「あの店?」

「ほら、水橋さんのランジェリーショップ」

均はぽかんと口を開けた。

篤紀が、あの店に行くような理由があるとは思えない。ざっとしか見ていないが、あの店には女性下着しか売っていない。

しかも九時過ぎというのは普通ではない時間だ。

「あの店、何時までやってるんだ？」

「たしか八時までじゃないかなあ」

この商店街の小売り店としては少し遅めである。だいたい小売り店は七時くらいに店を閉める。

「ほら、麻由はバイトしているだろう。そこから帰る途中に篤紀くんがあの店から出てきたのを見たって言うんだ」

どう答えていいのかわからない。

篤紀の会社は事務機器のレンタルをやっている。だから、あのランジェリーショップにコピー機やファクスなどを貸し出している可能性はある。だが、それにしては時間がおかしい。

だが、とりあえず言ってみる。

「仕事じゃないのか。あいつ営業だからさ」

「まあ、そうだとは思うんだけど、念のため……さ」

直原がなにか含みのある口調で言う。

「ほら、水橋さんって年齢の割には、まだきれいだし、スタイルだっていいじゃないか」

思わず目を剝く。

「篤紀はまだ二十代だぞ」

たしかにもうすぐ三十だが、それにしても水橋かなえとは年齢が離れすぎている。彼女を少し若く見積もったとしても十歳は離れている。

「いやいや、若いうちは年上の方が楽に感じるんだよ。いろいろリードしてくれるしさ……」

直原はにやにやしながらそんなことを言う。

「考えられない。男女が逆ならともかく」

男が十歳年下の女性とつきあうことは、そんなに珍しいことではない。経済力さえあればいくらでも可能だ。だが、逆となるとあまりに非常識だ。

篤紀はハンサムだし、若い女性に相手にされないようなタイプではない。なにを好きこのんであんなおばさんとつきあわなければならないのだ。

呆然としていると、直原がコーヒーの入ったカップを前に置いた。

「まあ、水橋さんも独身らしいからね。年の差カップルってのもありえるかも」

「馬鹿を言うな」

はっとした。昨日、コインパーキングで篤紀の車を見た。まさか、水橋かなえの店に行くためにあそこに車を停めていたのだろうか。

だとすれば、家に置けなかった理由もはっきりする。車を置いて出かければ、どこに行ったのかと家族に追及されるからだ。車さえなければ、仕事で遅くなったのだと言い訳できる。

あの女が誘惑したのかもしれない。篤紀が女性相手に積極的になれないことは知っている。年上の女性に積極的に迫られて、ついふらふらと誘われてしまったのかもしれない。

「いやいや、単なる妄想だけどね。たぶん、中森さんの言うとおり、仕事なんだと思うよ」

「あ……ああ」

そう言われてやっと我に返る。コーヒーに砂糖を入れて、口に運んだ。

だが、胃のあたりがむかむかした。なにか、ひどい胸騒ぎがした。

その日から、均はときどき夜の散歩に出ることにした。毎日ではない。篤紀の帰りが遅くなる日だけ、夕食を終えてから二十分ほど商店街をぶらぶらする。

健康のためウォーキングをすると言うと、友恵はむしろ喜んだ。むしろウォーキングが必要なのは友恵の方だが、一緒に行くとは言わなかった。均ももちろん誘わない。目的はもちろん、篤紀があの店に出入りしていないか調べるためだ。

たまたまあの日、仕事で訪問しただけならば二度と見かけることはないだろう。だが、もし篤紀が水橋かなえと深い関係になっているのなら、逢い引きは近いうちにまた繰り返される。

あの店は奥がカーテンで隠されている。外で会うよりもむしろ言い訳ができるかもしれない。

直原は口が軽い。均に話したようなことを他の客にもしゃべっている可能性がある。篤紀は男だから、女性関係を噂されても女よりもダメージは少ないが、どう考えても自慢できるような話ではない。

もしつきあっているのなら絶対に別れさせる。だいいち、あんな年上の女では子供もう産めない。彼女が独身でも許すつもりはない。

それで、今度こそいい見合い話でも探して、篤紀を結婚させるのだ。友恵も、今度は文句を言わないだろう。

最初の二回は、なにも起こらなかった。水橋かなえはひとりで店を閉め、歩いてひとりで食事に行った。

篤紀は十時頃、車で自宅に帰ってきた。怪しいところは少しもなかった。

だが、その次の木曜日、商店街に向かうために歩いていた均は、コインパーキングの前で足を止めた。暗がりの中に、篤紀の車があった。

心臓が激しく脈を打ちはじめる。均は帽子を深くかぶって、商店街に急いだ。

夜九時の商店街は、あまり人通りがない。

夢の中で骨を見かけるのも、たいていこの時間帯だろう。飲食店も九時で店を閉める。開いているのは、飲み屋とファストフード店くらいのものだ。

残業帰りのサラリーマンが、背中を丸めて歩いている。均は帽子をかぶり直して足早に歩いた。

ランジェリーショップはまだ灯りがついていた。ピンク色の店は遠くから見ても、はっきりと存在を主張している。

近づいてみるとカーテンが閉まっている。普段はのぞけるドアの格子の向こうも白いカーテンで覆われていた。胸騒ぎがひどくなる。

いつまでものぞいているわけにはいかない。場所が女性下着屋なだけに、傍《はた》から見れば変質者のように見えるだろう。

一度遠ざかって、商店街の端まで行く。ときどき振り返ることも忘れない。

意識はしていなかったが、こうやって見ると商店街のある通りは直線ではないのだとあらためて気づく。ごくわずかなカーブのせいで、一ブロック先に行くともうピンク色の店は見えない。

きびすを返してまた店に戻る。

ちょうど、ランジェリーショップの見えるカーブに差しかかったときだった。ピンク色の店のドアが開いた。

思わず足を止める。背の高い男性が中から出てきた。

見間違えるはずはない。距離があってもはっきりわかる。

自分の息子なのだから。

篤紀は、店の中に声をかけると、そのまま商店街を出てコインパーキングの方向へ歩いて行った。

呆然と立ち尽くす。自分の見たものが信じられず、あとを追う気にもなれなかった。

篤紀は、見たこともない明るい顔で笑っていた。


その夜、均は十二時になるのを待って二階に上がった。

篤紀は最近の若者らしく宵っ張りだ。遅くまでインターネットをしたり、本を読んだりしていることは知っている。

ノックをすると、驚いたような声が返ってきた。

「なに？　母さん？」

「俺だ」

ドアの向こうで彼が息を呑むのがわかった。かまわずドアを開ける。

篤紀はパジャマ姿でやはりパソコンに向かっていた。

「少し話がある」

彼は眉を寄せた。均は中に入って、ベッドに腰を下ろした。息子の部屋に入るのはひさしぶりだった。若い男の部屋にしては、きれいに整頓されている。

昔からそうだった。友恵が篤紀を叱りつけているところなど見たことがない。手のかからないいい子だった。

だが、いい子ほどあとになって問題を起こすというのはよく言われる話だ。

彼はパソコンの電源を落として、こちらを向いた。

「なに、話って」

「最近できた女性下着屋は知ってるな」

そう言うと、あからさまに彼の顔色が変わった。

「あそこでなにを買っていた」

彼は答えなかった。その表情を見て気づく。やはり直原の推測は正しかったのだ、と。

本当はどこかで思っていた。「仕事に決まってるじゃないか」と笑い飛ばしてくれるだろうと。そんなわずかな希望も簡単につぶされた。

「噂になってるぞ」

篤紀は小さなためいきをついた。

「いずれ話すつもりだった」

「恥ずかしいと思わないのか」

そう言うと、彼は均をにらみつけた。

「他人には関係ない」

苛立ちがこみ上げる。若い人間はいつもこう言うのだ。自分が好きだからやっている。他人には関係ないと。

だが、社会の一員になるということは、そんな簡単なことではない。

篤紀は続けて言った。

「だれにも迷惑はかけていないだろう」

「俺と母さんが笑われる」

彼ははじめて苦しそうな顔をした。

「家を出るよ。それでいいだろう」

「そんなことは言ってない！」

思わず大きな声を出してしまって、あわてて口を閉ざす。友恵が起きてくるかもしれない。

「いつからだ」

そう尋ねると、彼はあきらめたように身体の力を抜いた。

「覚えてないよ。……中学生だったか……それとももっと前だったか……」

返ってきた答えに驚く。そんなはずはない。水橋かなえは東京で店をやっていたというではないか。

それともその前、彼女がまだ川巻にいるときから知っていたというのか。戸惑いながら尋ねる。

「しかし、水橋さんは最近戻ってきたばかりだろう」

なぜか篤紀の目が驚いたように見開かれた。

「え……父さん、なんのことを言ってるの？」

「その……水橋さんとつきあっているんじゃないのか」

篤紀はぽかんと口を開けた。それからすぐに笑いはじめた。

声を出さないように堪《こら》えながら、くっくっくっと喉を鳴らす。

「違うのか？」

「違うよ。そんなわけあるはずないだろ」

「じゃあ、なぜあの店に行ってた」

「仕事で、コピー機を貸し出してるんだ」

困惑する。さっきまでの反応とまるで違う。篤紀は立ち上がるとドアを開けた。

「もう遅いから寝るよ。父さんが心配するようなことはなにもないから」

じゃあ、さっきはなにを言いかけたんだ。そう問い詰めようとしたが、篤紀に背中を押されて部屋から押し出される。

「心配しなくて大丈夫だよ。じゃ、おやすみ」

ドアはばたりと閉まった。均は廊下にたたずんだまま、閉まったドアを眺めていた。


翌日、店に出ても均の頭は昨夜の出来事でいっぱいだった。

なぜ、篤紀はあんなふうに豹変したのか。彼が、水橋かなえとつきあっていると考えたのは、間違いだ。でなければ、あんなふうに彼が笑い出すはずはない。

だが、その前に彼はなにかを告白しようとしていたように見えた。あれはいったいなんだったのか。

――いずれ話すつもりだった。

苛々と貧乏揺すりをしてしまう。

――だれにも迷惑はかけていないだろう。

「お父さん、やめてください。こっちの気が散るから」

帳簿をつけていた友恵がこちらをにらみつける。

「うるさい」

そう言うと、友恵は呆れたようにためいきをついた。

――いつからだ。

――覚えてないよ。……中学生だったか……それとももっと前だったか……。

中学生？　もっと前というと小学生？　いったいその頃からなにがあったというのだ。

均は椅子から立ち上がった。記憶が甦《よみがえ》ってくる。

「家に帰る。おまえは店番してろ！」

そう言うと、均は店から飛び出した。

「ちょっと！　お父さん！」

友恵の声が追いかけてくるがそれどころではない。

たしか、一度だけ篤紀をきつく叱りつけたことがある。髪をつかんで引きずり回して、何度も「ごめんなさい」と言わせた。

息を切らして走る。気管支が乾いた音を立てた。

やっとたどり着いた家の鍵を開けて、そのまま二階に駆け上がる。

だれもいない篤紀の部屋に入る。クローゼットを勢いよく開けた。

中にはスーツや見覚えのあるジャケットがかかっている。引き出しを開けると、きれいに畳んだカッターシャツが仕舞われていた。

——気のせいだ。俺の勘違いだ。

笑い出したくなりながら、もうひとつ下の引き出しを開けた。そこには男物の下着が入っていた。

最後に最下段の引き出しを開ける。

均は息を呑んだ。

今までの色のない引き出しが嘘のように、色が弾けていた。


花びらのように小さなショーツ、レースのたっぷりついたショッキングピンクのガーターベルト。鮮やかな赤のブラジャー。見たことのない、どうやって身につけるのかもわからないランジェリーたち。

それはどれも、レースやリボンや花で飾られていた。引き出しの中にぎゅうぎゅうに押し込められていたそれが、まるで生き物のようにその場に広がった。

その瞬間、均は理解した。

なぜ、篤紀がこれに惹かれたか、これを欲しいと思い、集めようとしたのか。

スーツもカッターシャツも男物の下着もモノクロームの世界だった。この引き出しだけ色が溢れている。

満開の花園のように、下着たちは均の膝や床にこぼれ落ちた。


均が最後に篤紀を強く叱ったのは、たぶん小学生のときだ。中学から篤紀は眼鏡をかけ始めた。記憶の中の篤紀に眼鏡はない。

彼は、友恵のタンスを開けて、彼女のスリップを引っ張り出していた。何枚もそれを床に広げ、そのうちの一枚を着ていた。

たぶん、夢中になっていたせいで、均が帰ってきたことに気づかなかったのだろう。

それを見た均は、驚いて、そして篤紀を平手打ちした。

髪をつかんで頭を床にすりつけて、何度も「ごめんなさい」と言わせた。

篤紀はうわずった声で、何度もごめんなさい、ごめんなさいと繰り返した。顔は涙と鼻水でぐしょぐしょだった。

あのとき、均はそれを思春期ゆえの女性への興味だと考えた。

いやらしいことを考えて、母親の下着を引っ張り出したのだ、と。

　だが、間違いだった。

　篤紀は本当に、それが着たかったのだ。着てみたくて、たまらなかったから、それをタンスから引っ張り出したのだ。

　店に戻ると、均はレジの側の椅子に腰を下ろした。まだ帳簿をつけている友恵に尋ねる。

「おまえは知ってたのか」

「なにがですか？」

「篤紀が……ああいう子だったってことを……」

　どう説明していいのかわからなかった。こんな言い方では伝わらないことはわかるが、均はことばを知らない。

　いくらなんでも自分の息子に向かって「変態」だとか「オカマ」などということばは使いたくはなかった。テレビに出ていたその手の芸能人は、いくらでもそう呼んで笑えたのに。

　絶対に聞き返されるかと思ったのに、友恵は小さく息を吐いた。

「知ってました」

「いつからだ」

「いつから……というか……小さい子供のときから……」

驚いて、友恵を見る。彼女もどう言っていいのか悩むようにことばを選んでいた。

「女の子の絵ばかり描いてたし、お花や人形やきれいなものがすごく好きだったし、もちろん、だからすぐそうだって決めつけたわけじゃないですけど……」

そうだったのだろうか。均はまったく覚えていない。

スポーツをすることよりも、家で本を読んだり絵を描いたりすることが好きなのは知っていた。工作が得意で手先が器用なことも。

「なんとなく、そうなんじゃないかな、そうかもしれないな……そうだったとしても驚かないようにしよう、そう思いながらずっと育ててきました」

そして、たぶんその予感はだんだん確信に変わっていったのだろう。

均だって知っている。そういうのは生まれつきのもので、治るとか治らないとかではないということを。篤紀はそんなふうに生まれてきた。彼が悪いわけではない。

だが、どうしても心が納得しない。

なぜ、普通の男に生まれてきてくれなかったのだ。そう叫びたい気持ちでいっぱいだった。

「どうして言わなかった……」

「お父さん、あの子を叱ったじゃないですか……五年生のときに」

ああ、あれはやはり小学生のときだ。俺の記憶は間違っていない。胸の痛みを覚えながら均は少しだけ笑った。

「叱られたあの子が可哀相で。あれから、前のようにきれいなものを好きだとか言わなくなってしまったし」

「そうだったか……」

だから彼は自分を隠すようになったのか。普通にスーツを着て、まじめな男性のふりをして。

「可哀相なことをしたな」

そう考えている自分が不思議だった。たぶん、他人の息子のことならそう考えなかった。叱るのが普通だと思っただろう。

自分はやはり、篤紀のことを愛している。たとえ、彼がどんな人間であっても。

ただ、それを素直に受け入れるのにはもっと時間がかかるだろう。

友恵は驚いた顔で、均を見た。無理もない。均だって驚いている。

「あいつは……その……女性には興味がないのか？」

友恵は小さく頷《うなず》いた。

「たぶん……」

だから、友恵は篤紀に結婚の話をすることを嫌がっていたのだろう。それは篤紀を少しずつ傷つけたはずだから。

自分と友恵は同じ立場だった。ふたりで一緒に店で働いて、同じ時間だけ篤紀と一緒に過ごした。

なのに、友恵には均に見えていなかったものが、ちゃんと見えていた。

なぜ、自分には見えなかったのだろうか。きっと考えれば考えるほど、打ちのめされることになる。

それでも考えずにはいられないのだが。

篤紀とは、それからそのことについては話をしていない。

無理に聞き出しても、たぶん自分はうまい反応ができないだろう。きっと偏見に満ちたことを言って彼を傷つけてしまう。

だから、変わらないことにした。

これまでと同じように、一緒に食卓を囲み、これまでと同じように世間話やどうでもいい話をする。

結局、篤紀はまだ家を出ていない。

あの日、篤紀の部屋で交わした会話などなかったことにして、均も篤紀もこれまで通りに振る舞っている。

なかったことには絶対にならないということは知っている。

だが、ふたりともひどく不器用で、ことばでどう折り合いをつけていいのかわからないのだ。そのことに気づいて均はおかしくなる。

つまり、少なくとも一カ所、篤紀は均の性格を受け継いでいる。

十二月になって、寒さは急に厳しくなった。

年末にはいつも福引きをすることになっている。今年は均がその責任者になり、商店街を駆け回った。参加費を集め、景品を用意し、福引き券を配った。

ランジェリーショップ・シフォン・リボン・シフォンも参加してくれるというので、

福引き券を届けに行った。

「ここは商品が高額だから、福引き券もたくさん必要なんじゃないか?」

そう言うと、かなえは苦笑した。

「その代わり、お客さんの数が少ないですから」

相変わらず、店は繁盛しているのかどうかわからない。だが、ショーウィンドウに並ぶ商品はときどき変わっている。店を閉めるという話も聞かないから、とりあえずはうまくいっているのだろう。

ときどき思う。こんな店さえなければ、篤紀のことも気づかずにすんだのかもしれない。

正直、まだ篤紀のことをすべて受け入れられたとは言えない。ときどき、なにかの間違いなんじゃないかなどと思いたくなる。

いずれ、彼が完全に性転換をしたいとか、完全に女性として暮らしたいと考えるのではないかと想像して怖くなる。きっと冷静ではいられないだろう。

だが、わかっていることがひとつある。

自分には、この店に「この町から出て行け」という権利はない。

できないことを望んでも仕方がないのだ。

それは篤紀に対しても同じことだ。

自分は古く、頭の固い人間で、そのことを恥ずかしいとは思わない。

頑固オヤジは頑固オヤジとして死んでいくしかない。

変わることが難しいことは、自分がいちばんよく知っている。


痩せた骨の夢は、まだときどき見る。

夢の中で骨は、鮮やかなショッキングピンクのブラジャーとショーツを身につけていた。あまりに滑稽で笑い出したくなったが、下を向いて笑いを堪えた。

骨はぶらぶらとショーウィンドウをのぞいたり、途中で立ち止まってあたりを見回したりしている。

ふいに思った。

もしかするとこの夢の中では、だれもがみんな骨なのかもしれない。

肉などを身にまとっているのは均ひとりで、こっそり気味悪がられたり、みっともないと笑われたりしているのかもしれない。

そんなことを考えていると、骨はこちらを振り返った。

均の方をしばらく見ていたが、また前を向いて歩き出す。
どうやら、骨は均を見て見ぬふりをすることに決めたらしい。
だから、均も知らないふりで横を通り過ぎる。

第三話

入院している期間、かなえは真昼からよく眠った。
もちろん、検査とか抗癌剤治療だとか予定はいろいろある。入院患者といえども暇ではない。だが、そのあいだにはエアポケットのように空いた時間がときどきあるし、なにより、外にいたときと違い、化粧も身支度も出かけるのにかかる時間も、そして通院に必要な待ち時間すらない。
時間になれば食事はトレイに載せられてベッドまで運ばれる。食事を作る必要も、なにを食べようかと頭を悩ませる時間もない。
結果的に、普段より時間は余る。テレビを見る気にも、せっかく持ち込んだ本を読む気にもなれなかった。

横になれば、眠気はすぐに足下から忍び寄り、かなえを呑み込んでしまう。

同じ病室にだれかがきた音で、少し目覚めて、枕元のマグカップからお茶を一口飲み、そしてまた眠る。尿意に浅い夢を邪魔されて起き上がり、渋々トイレに行く。

あまり眠るせいだろう。一度、看護師さんに顔をのぞき込まれて、こう尋ねられた。

「具合でも悪いんですか？」

あまりにもおかしかったので、はっきりと覚えている。

健康体ならば、入院なんかしていない。乳癌という病名を口にすると、誰もが息を詰め、身体を強《こわ》ばらせた。

そのあと、その言い訳のように、「早期発見できてよかったじゃない」とか、「最近では癌は死病というわけではないから」と、付け加えるのだ。

早期発見というほどではない。癌はすでにリンパ節に転移していた。おかげで、左乳房をごっそりと取り去っただけではなく、腋のリンパ節も切除しなければならなかった。

死病ではないというのも事実だろう。

でも、死ぬ人だってたくさんいる。特に若ければ。

渋々入った人間ドックで、癌が発見されたとき、かなえはまだ三十七だった。充分若いと言える年齢で、そして知っていた。

若いと、癌の進行は早い。

「どうして、わたしが」と考えなかったと言えば嘘になる。

でも、それよりもずっと強く、ああ、やっぱりと思った。

昔から、貧乏くじばかり引かされていた。成績は決して悪くなかったのに、高校受験にも大学受験にも失敗した。

何事もうまくいく方が珍しかった。たぶん、要領が悪いのだろう。

身体を酷使してきた自覚はあった。自分の下着店を持ってから、ただがむしゃらに働いてきた。

ひとつ間違えれば、借金を山ほど抱え込んで、転がり落ちるかもしれない。そんなぎりぎりのラインを毎日駆け抜けてきた。身体のことをいたわる余裕などなかった。

毎晩、朝から晩まで店に立ち続け、閉店してからも海外メーカーとの交渉や、オリジナル商品の開発に追われていた。

当時入っていたファッションビルは、客を呼ぶために毎年のように営業時間を引き延ばしていた。最初は七時半閉店だったのに、八時になり、やがて九時になった。

睡眠時間も二、三時間。食事はコンビニの弁当やインスタント食品ばかりをかっ込んでいた。

それが自分の身体を削っているということはよく理解していたつもりだった。

でも、あと少しだけ、あと少しだけ、と考えていた。もう少し、店が軌道に乗って、余裕ができれば、身体のことも考えよう。

今は若いから、今のうちしか無理はできない。

来年から、ちゃんと自炊をして、毎日お弁当を作ろう。そう思って、書店に行くたびにお弁当の本を買ったりもした。

そう、ちゃんとわかってはいたのだ。

ただ、かなえが考えていたよりも、臨界点は早くきていたというだけだ。

病室でやけに眠るようになったのは、これまでの分を取り戻したいような気持ちだったのかもしれない。

がむしゃらに働いてきて、ぼんやりしたり、怠惰な時間を過ごすこともほとんどなかった。入院中くらいは、思い切りだらけた生活をしたって、だれにも責められないだろう。

かなえは病人なのだから。

特に、検査入院をしていたときは、自分がこの先、何年生きられるのかもわからなかった。医師の口調で、今すぐに、死を覚悟しなければならないほど切羽詰まった状況ではないことはわかったが、それはただ、ここ半年くらいで死ぬことはないだろうというだけの話だ。

三年後、四年後にどうなっているのかは、たぶん医師にもわからない。

「ともかく、切って開いてみないと」

医師が重々しい口調でそう言ったので、かなえは少し笑ってしまった。

自分が真鱈《まだら》か、鮟鱇《あんこう》にでもなったような気分だった。

身を剝がれて、内臓を切り取られ、いらない部分は捨てられる。

すでにリンパ節に転移していることはわかっていたから、あとはほかの臓器にどこまで転移が見られるか、それをどこまで抗癌剤で叩けるかによって、生存率も大きく変わってくる。

仕方のないことだとわかっていたけれども、その不安定さが、いちばん心を苛《さいな》んだ。

ベッドでうとうとすると、少しだけ入院や闘病も有意義なような気持ちになってくる。何人もの知人、友人が「この機会にゆっくり休んで」と言った。

だが、昼間の自堕落なまどろみには、副作用がある。

当然のように、夜、眠れなくなるのだ。

病院の消灯時間は十時。もちろん、小学生の修学旅行ではないのだからすぐに寝なければならないというわけではない。

だが、灯りが消えてしまった病室は、空気がひどく冷えていて、その中で身じろぎすることさえためらわれる。

眠れないと、夜はひどく長く感じられた。

息を潜めてトイレに行く。冷蔵庫からオレンジジュースを出して飲む。寝返りを打つ。シーツの皺《しわ》を伸ばす。

できることといえば、そんなことだけだ。

なぜか、本や音楽という外部の刺激に触れたいとは思わなかった。そんなことをすれば、つかまえられそうな眠気の尻尾を手放してしまいそうだ。

だから、ただ横たわって目を閉じ、凍り付いたような夜の空気だけを感じた。

無音のようで、夜は音にあふれていた。巡回の看護師さんの足音、エアコンの稼働音、冷蔵庫が唸る音、同室のだれかのいびきや歯ぎしり。

寝返りを打てば、ベッドは軋《きし》んだし、ときどき、どこかの部屋でトラブルが発生して、巡回の看護師さんが走っていったり、人が口論する声が聞こえたりした。たぶん、音はどんなところにでもある。静かであれば静かなほど、音がのしかかってくる。

そして、それは悪いことだけではない。

音を聞きながら、自分の身体を失うことについて考える。

手術が終わり、左胸はすべて切除した。

手術より先に、抗癌剤投与を行ったので、髪はきれいに抜けた。もともと、髪は男の子のように短くするのが好きだったから、抜けることに関してはさほど不安はなかった。

だが、数センチの髪がないだけで、こんなに心許ない気がするのだと、はじめて知った。

ずっと一緒に働いてくれている小西さんが、毛糸の帽子を編んでくれたから、それをかぶった。チョコレート色や深いグレイの毛糸は、髪よりも柔らかくあたたかく、寂しくなってしまった頭皮を包んだ。

抗癌剤の副作用は、脱毛と、吐き気。それは聞いていたが、ひどい口内炎と腰のあたりにヘルペスを発症してそれがつらかった。

神経にそのまま針を刺されるような激痛が、途絶えずにずっと続くのだ。口内炎は水を飲んでも痛んで、なにも食べる気にはなれなかった。

胸を失い、髪を失い、この先どうなるかわからない運命にまで耐えているのに、なぜ、まだこれ以上、大変な思いをしなくてはならないのだろう。

ここにきて、はじめてかなえは自分の人生を呪った。

数年後にどうなってしまうかより、今ここにある痛みの方が強烈だった。

鎮痛剤はほとんど、効かない。ただ、必死に息を詰めて、痛みをやり過ごすしかないのだ。

そんなとき、ひとりの友達が見舞いにやってきた。

大学時代からの友人で、彼女が結婚してからもときどき会っていた。

かなえは、彼女のことがあまり好きではない。それでも、彼女はかなえのことが好きなようだった。いつも、彼女のほうから「会おう」というメールがきて、会って食事でもした後は、「楽しかったね」というメールが届いた。

好きではないが、誘われて断るほど嫌いなわけでもなかったから、忙しくなければときどき会っていた。

自分は、どちらかというと情が薄いほうだというのは理解していた。自分から友達を誘いたいという気持ちになることは少なく、いつもだれかから声をかけられて、出かけていくばかりだった。だからこそ、声をかけてくれるのは、ありがたい。

友人は、毛糸の帽子をかぶったかなえを見て、痛ましそうに目を伏せた。

「大変だったね……。手術が終わって本当によかった」

胸の癌は取り除いて、その頃にはリンパ節以外の転移も見られないことがわかっていた。だから、彼女にはほとんど終わったように見えたのだろう。

だが、念のために、このあとも抗癌剤治療は続けなくてはならない。

三ヶ月、もしくは半年。

その間、髪も抜け続けるし、仕事にも戻れない。

そして、その後は再発の恐怖と戦い続ける。終わらない。まだ終わったわけではない。

だが、それを彼女に言っても仕方がない。

彼女は、最初の五分くらい、かなえの病状や最近、見舞いにきた知人の話を聞くと、それからこう切り出した。

「家、やっと完成したの。だから、落ち着いたら遊びにきてね」

彼女と夫が、土地を買って家を建てようとしていたことは聞いていた。建て売り住宅ではなく、建築家と打ち合わせて、自分たちの好きなように設計した理想の家だという話を、彼女は会うたびにしていた。

土地が狭いから、なんとか工夫を凝らして、スペースを作らなければならないとか、半地下にして三階建てにするのだとか、そんないくつもの計画を聞かされたが、かなえにはあまり興味が湧かなかった。

「うん、ぜひ行くわ。ありがとう」

彼女が、かなえに家を見せたがっていることがわかったので、そう答えた。本当は、少し面倒で、苦痛だと思った。

彼女の娘ふたりは、まだ幼稚園と小学二年生で、行けばその子供たちの相手もしなければならない。

子供が嫌いというわけではないが、大人になってから子供と接する機会はほとんどなかった。どんなふうに話しかけていいのか、子供たちの話にどう相づちを打つのが正しいのか、少しもわからなかった。ことばも習慣も違う、別の国の人と話をしているように思えるのだ。

だが、それはかなえに、そのスキルが欠けているというだけの話で、子供たちや、彼女が悪いわけではない。

回復すれば、人生観も変わるかもしれない。子供は、皮膚も髪も真新しくぴかぴかしている。今でもそれは眩しいけれど、生還できれば、その眩しさを愛《いと》おしさと感じるかもしれない。

だから、お愛想で答えたわけではない。

無事に生還できれば、彼女の新しい家を訪ねよう。本当にそう思った。

彼女はとろけそうな顔で言った。

「写真見る？」

そして、ベッドに備え付けているテーブルに、新しい家の写真を広げた。

なるほど、彼女が自慢したがるのも当然だ。美しく、完璧に隅々までこだわった、おしゃれでセンスのいい家だった。

インテリアや建築の雑誌に出てきそうだ。

だが、見ていると、息が詰まるような気がした。

それは彼女が望む、家族のかたちそのものだ。ドアのない、開けっぴろげな子供部屋、大理石のつるつるとした床、通りに面した大きな窓とテラス。ぴかぴかしたステンレスの高級システムキッチン。

喉の奥に塊のようなものがこみ上げそうになって気づく。

この家は、かなえの昔住んでいた家に似ている。

こんなにセンスがいいわけでもないし、新しいわけでもないけど、そこかしこに似たところがある。

かなえは微笑《ほほえ》んで言った。

「素敵な家ね」

だが、それを聞いた彼女の表情はなぜかちょっと複雑になった。褒《ほ》めことばがそっけなさすぎたようだ。

そう、この家ならば、もっと目を輝かせて、褒め称えるのに値するだろう。お金だってずいぶんかかったはずだ。

なのに、喉に引っかかってそれ以上のことばが出てこない。

もうすでに心の奥の棘《とげ》は抜けたと思っていた。呪縛など残っていないと思っていた。

それなのになにかがまとわりつくように、ことばを押しとどめている。

彼女ははっとしたように、写真を手元に集めた。

「ごめんね。疲れたでしょ。もうそろそろ帰るわ」

「ううん、大丈夫よ。話ができてうれしかった」

そう思うのは嘘ではない。

彼女は、じっとかなえの顔を見た。

「ねえ、ひとつ、聞いていい？」

「いいわよ。なあに？」

たぶん、病気のことだろう。女友達はみんな、かなえの病気を他人事《ひとごと》だとは考えないようで、いろいろと質問してきた。

興味本位でないことはわかるから、なんでも答えられる。

だが、彼女の口から出たのは、意外なことばだった。

「どうして、下着屋だったの？」

かなえは驚いて、彼女を見上げた。

「ごめんね、なんか唐突で。でも、ずっと気になってたの。なんで下着屋なんかやろうと思ったのかなって」

かなえはわざと声を出して笑った。

「さあ、もう忘れちゃったわ」

なぜ、彼女のことがあまり好きになれないか。それなのに、嫌いにもなれず、会おうと言われれば、会いたいような気になるのか、やっとわかった。

彼女は少し、かなえの母に似ている。

なぜ、下着屋をはじめたのか。

その質問はもう、嫌になるくらい何度も聞いた。最初は一生懸命考えて、答えていたけど、途中でなんだか面倒になってしまった。

なぜか、ときどき、どんなに説明しても納得してもらえない人がいる。

たぶん、下着などこっそり、さりげなく買えて、安ければ安いほどいいと考えている人たちや、一方で、それに過剰に性的な意味を付け加えたがる人たち。

かなえの店「シフォン・リボン・シフォン」がそれなりに繁盛し、ときどき雑誌などで紹介されるようになったとき、いろいろ失礼なことを聞かれた。

多くは男性に、ときどき女性に。

下着姿をどんな男性に見てもらいたいですか、とか、やはり派手な下着をつけると
エロティックな気分になるんですか、とか。
そのたびに、不思議な気分になった。
別に、男性に見せなくても、エロティックな気持ちにならなくても下着はつける。
街を歩いてすれ違う人だって、みんな下着をつけているはずだ。
むしろ、つけてない人のほうがエロティックではないか。
日常的に身につけるものなのに、それを商品として扱ったり、美しさを追求したり
すると、とたんに好奇の目で見られることになる。それが面倒になったのだ。
最初にその質問を、かなえに投げかけたのは母だった。
「なんで、下着屋なの！」
母は、顔をしかめ、まるで悲鳴のような声を上げた。
そのとき、かなえはこう答えたのだと思う。
「好きだからに決まってるじゃない」
かなえはずっと下着が好きだった。
小学生のとき着ていた、綿ローンのシュミーズ。ささやかで清楚なレースとピンク
の小さなリボンがついたそれを、風呂上がりにすとんとかぶって着る瞬間が好きだっ

た。

胸は小さかったから、ブラジャーをはじめてつけたのも中学生になってからだった。色気のないスポーツブラだったが、大人になったみたいで、うれしくて仕方がなかった。思春期の乳房は、無闇にただ痛く、痛いわりに少しも大きくならなかったけど、どんなに小さくたってブラジャーをつける権利はある。かなえは、胸を張って、小さな乳房をブラジャーに包んだ。

高校生になってからは、上級生が履いている黒いストッキングに憧れた。さっそく、白い三つ折りソックスを脱ぎ捨てて、黒ストッキングを履くことにした。

校則では、肌色か黒のストッキング、もしくは白ソックスと定められていたから、ルール違反ではない。

だが、黒いストッキングを履くと、紺の地味な制服がとたんに大人っぽく見える気がした。白いソックスにはない、なまめかしさが感じられた。

大学生になっておしゃれをするようになってから、アルバイト代は服よりも下着で消えていった。洋服はシンプルで、流行を感じさせないようなものがあれば満足するのに、ブラジャーやショーツは何枚でも欲しかった。

別に、つけた自分の姿にうっとりするわけではない。かなえは胸もお尻も小さくて、見惚れるようなプロポーションというわけではない。激務のせいか、あまり太らないのはありがたいけれど。

それでも、その色気のない身体も、黒いチュールのブラジャーやショーツ、薔薇のレースのガーターベルトを身につけると、それだけで女っぽく見えるように思えた。

それは自分へのカンフル剤のようなものだったのかもしれない。

だれに見せるわけでもない。恋人がいた時期もあるけれど、彼はかなえの下着にはそれほど興味を持たなかった。

むしろ、手の込んだ美しい刺繍《ししゅう》やレースがついているものは、「中年女みたいだ」といやがった。

だいたい、セックスをするときは、下着なんて早々に脱いでしまう。その前にシャワーでも浴びれば、彼の目に触れることすらない。

なぜ、世間の人々が下着とセックスをあんなに結びつけようとするのか、かなえには不思議で仕方がない。

もちろん、セックスと直結する下着もある。

かなえの店で扱っているフランス製のショーツには、驚くほど小さくて、クロッチの部分に模造真珠や、丁寧にレース糸で編まれた菫《すみれ》や薔薇がついているものがある。

そして、そのショーツには、オープンとクローズという二種類のデザインがあるのだ。オープンのデザインには、クロッチの部分の布がない。つまり、ショーツとしての役目はまったく果たさない。

なんたるエロティックさ。

だけど、はじめてそれを見たとき、かなえは少し笑ってしまったのだ。

いやらしいと言うよりも、あまりに可愛くて、そしてコミカルで。

模造真珠やスワロフスキーのビーズで飾られて、女性器を完全に露出させるショーツなんて、それだけでは、ちっとも世間の男性の欲望はそそらないのではないだろうか。

それを選ぶ女性と、それを喜ぶパートナーがいるのなら、むしろそれは和やかで、お互いを尊重したセックスをするふたりのような気がした。

ときどき、かなえの店には、スタイリストが写真撮影のための下着を探しにきた。男性誌のグラビアや、ときにはアダルトビデオの撮影などに使われる。

そういう撮影は、かなえの店のメインターゲットである女性たちへの宣伝にはならないから、貸し出しはしていない。ちゃんと購入してもらう。

そういう場合、スタイリストが選ぶのは、白や淡いブルーやイエローなどの清楚な下着が多い。ときに、黒や赤いレースなどのわかりやすく色っぽいものも選ばれたが、その、オープンクロッチの、エロティックすぎるショーツが選ばれたことはなかった。それに目を止めて、それを選ぶのは、いつも自分のために下着を買う女性たちだった。

それを選ぶ女性たちは、誰もがセクシーで、そしてとても自由に見えた。

教員一家。

母はよく、そのことばを口にした。

「うちは教員一族だから」とか「教員一家だからね」とか、そんなふうに。ときどき、冗談めいた響きを帯びることがあったけど、たいていは誇らしげに発せられた。

嘘ではない。祖父は、地元の小学校の校長まで上り詰めた、えらい教師だったという。

父も中学の数学教師で、そして母も国語の教師だった。

叔父や従兄弟にも、教師になった者が多い。そして、かなえの弟も、今は地元で教師をやっている。

かなえだけが、まったく違う道に進んだ。

そういう意味では、母の困惑もわからなくはない。気持ちとしては少しもわかりたくはないけれど。

一族の中で、できのいい娘ではないことはわかっていたが、それにしたって、なぜ、よりにもよってランジェリーショップなどをはじめようとしたのか。そう思って、悲鳴のような声を上げたのだろう。

「なぜ、下着屋なの！」と。

かなえの反乱は、深く静かに行われた。

第一志望の地元の教育大を落ちたのは、決して計画したわけではなかったが、そのおかげで東京の大学に行くことができた。

在学中からアルバイトに精を出して、お金を貯めた。教師にはもともと、なるつもりはなかったが、それを主張するつもりもなかった。

わかっていたことがひとつある。

父も母も、かなえの話などは聞いてくれない。ふたりとも自分たちが正しいことになんの疑いも持っていないし、かなえがもしそんなことを企んでいると知ったら、全力で邪魔をしてくるだろう。

就職先に選んだのは、教育関連の出版社だった。大学で教職の資格は取っていたが、当時はそろそろ教師の就職が難しくなってきた時期だった。

両親は、大学を卒業したかなえが、地元の川巻《かわまき》に戻って教師をやるものだと信じていたから、かなえが東京で就職を決めたときにはがっくりと失望した。

父は当時、川巻の教育委員会の役員になっていたから、「いくらでも就職に便宜を図ってやるのに」と何度も言った。

かなえはしれっと、答えた。

「そういうのって、公平じゃないでしょ」

父は正論には弱い。それでも納得したのは、教育関係の出版社という堅い仕事だからだ。

東京で、かなえは必死に働いた。

旅行も行かず、倹約を重ねてお金を貯めた。

はじめから、下着屋と決めていたわけではない。だが、吸い寄せられるように下着のことを考え、下着を見て歩き、そして、倹約しながらもときどきは選んで買った。

卒業旅行で訪れたハワイで、日本では滅多に見ない、華やかなブラジャーやスリップを目にした。

白やピンク、ベージュなどは少しだけで、スカーフのように華やかなテキスタイルで作られたものや、繊細なレースで彩られたものがあった。

選んだヒョウ柄のブラジャーを、試着室で身につけたとき、息を呑んだ。

そのブラジャーはまったく身体を締め付けなかった。

日本で売っているブラジャーは、どれも鎧のように胸を覆い、がっちりと固めていた。乳首など決して存在感を見せてはいけないとでもいいたげに、分厚いパッドがついていて、なるべく高く、なるべく大きくと胸を勝手なかたちに押し込めていた。

でも、そのブラジャーはワイヤーもパッドもなく、やわらかな布でそっと乳房を包んでいるだけだった。なのに、胸は裸のときよりも丸く、美しく整った。

ヒョウ柄なのにそれに淡いピンクのレースがついていて、派手なだけではなく、とても上品だった。

ただのブラジャーで、布きれに過ぎないのに、それを身につけたとき、少し泣きたくなったのを覚えている。

日本に帰ってからも、何度もハワイのランジェリーショップのことを思い出した。

東京には、もちろん輸入ランジェリーショップは何軒もある。探せば、質のいいランジェリーも手に入る。

だが、川巻にいた頃、そんな下着があるなんて知る機会もなかった。田舎に帰ってから、下着ショップをまわったが、手に入るのは大手国産メーカーの、鎧のように固いブラジャーだけだった。

下着屋と決めたわけではない。それでも頭の中に、シフォンとチュールとレースが、いつもふわふわと舞っていた。

心の中に、無数のブラジャーやショーツやガーターベルトが降り積もっていった。

気がつけば、下着屋をやる以外の選択肢などなくなっていた。

記憶の中にあるのは、子供部屋の暗闇にうっすらと浮かび上がる天井だ。

天井には、なぜか竹で格子のようなものが組まれていて、かなえはいつも、それを見上げていた。

だれかと一緒に眠った記憶など一切ない。かなえはいつも、ひとりでだれの体温も感じずに眠っていた。

当時、流行った育児書では子供は自立心を養うために、ひとりで寝かせるのがいいとされていたらしい。新しいものが好きな両親は、たぶん真っ先にそれを取り入れたのだろう。

子供部屋は二階で、しんと静まりかえっていた。当時はまだ弟もおらず、一階で眠る両親の息づかいなど、少しも感じられなかった。

ある日、かなえは発見した。

両手をぎゅっと拳《こぶし》にして、それを脚の間に押しつけて眠ると気持ちがいい、と。

当時は、それが自慰と呼ばれるものに限りなく近いなんて、まったく考えなかった。

たぶん、幼稚園か、その少し前だ。知識などあるはずもない。

ただ、気持ちがいいからそうやって眠る。

うつぶせになってみたり、横になってみたり、そうやっていちばん気持ちのいい姿勢を探した。

知ったのは、うつぶせになって脚の間に拳を挟み、脚をぴんと伸ばして力を入れるのがいちばん気持ちがいいということだ。

やがて、そのまま腰を動かすことも覚えた。

なんとなく、人の前ではやってはいけないこと、こっそりとしなければならないことだということは気づいていた。幼児でもその程度の過敏さはある。

だが、そうすれば気持ちよく眠れる。むずむずとした気持ちよさは、まだ性感と言うには未発達で、背中を撫でられたりするときの気持ちよさにひどく近かった。

たぶん小学校、二、三年生のときだろう。ちょうどその頃、弟が生まれて、かなえは姉になった。

その日、かなえは熱を出して学校を休んでいた。昼から布団の中に入って、窓から差し込む光が天井にグラデーションを描くのをぼんやりと眺めていた。

眠るのに飽きたかなえは、自然にいつものように拳を脚で挟んで、性器に押しつけた。

切ないようなもどかしいような、それでいて喉を鳴らしたくなるような快感。

その日はいつもより快感が強くて、夢中になっていたのだと思う。普段なら気づくはずの、母が階段を上ってくる足音に気づかなかった。

母の声が響いた。

「かなえ！　あんたなにやってるの！」

はっとしたときはもう遅かった。母はかなえの腕をつかんで、布団から引きずり出した。

「あんた、今なにやってたの！」

「なに……も……」

 なにをやってたかと聞かれたって、答えられるはずがない。その行為に名前があるなんてことも知らなかった。

もやもやとした、ただまどろみのように心地いい、自然な行為だった。

母はかなえの手をぱしり、と叩いた。

「絶対に、そんなことをしちゃ駄目。わかったわね！」

母があまりに怖い顔をしているので、答えられなかった。

「絶対に、絶対に駄目。そんなことをしたら、悪い病気になったり、大人になって、大変なことをしてしまったりするの。そこは洗う以外は絶対に触っちゃ駄目！　わかったわね！」

かなえは、こくこくと何度も頷いた。

母は唇をきゅっと嚙んでから、もう一度かなえの顔をのぞき込んだ。

「駄目なのよ！　わかったわね」

「……わかった……」

小さな声で答える。だが、母の顔はまだ青ざめていた。

その日から、母は何度もかなえの部屋を見にくるようになった。夜中に声もかけずに、かなえの部屋のドアを開くのだ。それは中学生になっても、高校生になっても続けられた。

さすがに中学生の頃、抗議してみた。

「ドアを開けるのなら、ノックしてよ」

母の顔色がさっと変わった。

「あんた、お母さんに言えないことでもしてるの！」

「そうじゃないけど……わたしにもプライバシーがあるの」

「家族の間でなに言ってるの！」

強く主張できなかったのは、小学生のとき自慰を見られたことが忘れられないからだ。さすがにその頃には、行為の意味もわかっていたし、恥ずかしい場面を見られたということは心に焼き付いていた。

扉をいきなり開けるのは、母もあの日のことを忘れていないからだ。そのことははっきりとわかっていた。

それだけではない。母はかなえが留守にしている間、勝手に部屋に入って、引き出しを開けたり、友達からきた手紙を読むようになった。

鞄を置いた位置や、積んだ本の順番が変わっていて、母を問い詰めると、「気のせいでしょ」ととぼけたり、「自分の娘の部屋に入ってなにが悪いの」と開き直ったりした。

当時、かなえはイラストを描くのが好きで、女の人の絵ばかり描いていた。

もちろん、うまいわけでもなんでもなく、ただの手慰みだ。当時は、友達とイラストを描いて見せ合うことが楽しかった。

かなえは特に、下着姿のきれいな女の人を描くのが好きだった。スリップや、ビスチエを着て、胸のふくらみもあらわな女性を描くとき、いちばん胸が躍った。

母に見つからないように、下敷きの中に折りたたんで隠したり、教科書の間に挟んだりしていたのに、ある日、それが見つかった。

そのときは、それについて口に出して、怒られることはなかった。

ただ、帰ってみたら机の上にその絵が広げられていた。そして、絵を塗りつぶすように黒いマジックで、「こんなバカなものを描いてないで、勉強しなさい」と母の字で描かれていた。

それを見たとき、息が詰まるような気がした。

勝手に部屋に入られること、勝手に引き出しを開けられることも不快だったが、なによりも自分が一生懸命描いた絵を台無しにされたことがショックだった。勉強だってしていないわけではない。かなえは学校ではそれなりに成績がいいほうだった。

クラスで一番ではなかったが、三番や五番程度の成績は保っていた。なのに、両親にはそれを褒められた記憶がない。三番だったら、「なぜ一番になれなかったのか」と問い詰められ、九十五点を取ると、「どうして百点が取れなかったのか」と反省させられた。

黒々とマジックで汚された絵を前に、かなえは少し泣いた。心が破れて、そこからなにかがどろどろと流れ出すようだった。

いつの間にか、母を責めることはあきらめた。部屋に入ることにも、ノートや手紙を勝手に読むことにも、母にはいつも大義名分があった。

「娘のことを知って、なにが悪い」

「家族の間で隠し事なんてするほうがおかしい」

そして最後には、

「あんたにやましいことがあるから、そうやって怒るのよ」と言われた。

やましいことがあるから怒るのだと言われて責められれば、それ以上抗議することは難しい。ただでさえ、母は大人で、かなえは子供だった。母はいくらでも理論武装ができるのだ。

ただ、かなえは決して、よい子でも素直な子でもなかった。

少なくとも、母に「駄目」だと言われたからといって、それを素直に守るような子ではなかった。

拳を性器に押し当てることも、やめはしなかった。

ただ、注意深くなり、母が階段を上ってくる音に神経を払ったり、母の留守を狙ってするようになっただけだ。

両親とも働いていたから、平日の午後は、かなえしかいなかった。弟は小さい頃は保育園や学童保育に行っていたし、小学校高学年にもなれば、塾に行ったり、友達の家に遊びに行ったりしていた。自由な時間はいくらでもあった。

そのうちに、かなえは知った。

自分がやっていたことは、決して褒められることではないけど、一方で「絶対にしてはいけない」とか「悪い病気になる」と言われるようなことではないことを。行為の意味を説明できないから、そんなことを言ってやめさせようとしたのだろう。娘にはそんなことをしてほしくない、という気持ちはわからなくもない。

だが、母のついた嘘は、不信感に姿を変えて心に焼き付いている。母は、かなえがそんなことを覚えているとは思っていないだろう。だが、幼い頃の出来事でも、忘れられないことはあるのだ。

かなえはこっそりと、この家からの脱出計画を企てることにした。

家出とかではない。中学生が家出をしたって連れ戻されるのに決まっている。なるべくうまく立ち回ること、そして少しでも早くこの家を出ること。

描いたイラストは、家に置かないようにして、常に持ち歩いた。

少しエロティックなマンガや小説は、親が厳しくない友達の家で読むことにした。

成績は、ひどくならない程度には頑張って、両親の期待に応えることは早々にあきらめた。

たとえ、必死に頑張ってクラスで一番になっても、今度は学校で一番になれと言われることはわかりきっていた。学校で一番になっても、模試では市や県の順位も発表される。どんなに寝ないで勉強しても、そこでトップになることなど、かなえには絶対無理だ。

小学生の頃から、近所の人には「水橋先生のお嬢さん」と言われていた。川巻は小さい町だから、父や母に教わったという人がたくさんいた。もちろんかなえは、両親が働いているのとは違う中学に進んだが、そこの教師にも、両親の教え子は何人もいた。

水橋先生の娘さんなのだから、成績がよくて当然、まじめで当たり前。そう言われることはあまり好きではなかったけど、それでも聞き流すことはできた。

たぶん、そのことばに囚われているのは両親のほうだったのだと、今では思う。教師である以上、自分の娘の成績が悪いなんて、外聞が悪いと思ったのか。教育者として許せないと考えたのか。

どちらにせよ、もう、それを問い詰めることはできない。問い詰めたって両親はこう答えるだけだろう。

かなえのことを心配しているだけだ、と。

血縁者でも、墓まで持っていくしかない本音はある。

着々と、かなえは自分の店を開く準備を進め、そして出版社を辞めた。

本当は、川巻で店を持ちたいと思っていた。だが、そうなると両親からは逃げられない。やはり、東京で成功するしかない。

ちょうどその頃は、バブルの尻尾がかろうじて残っていて、出資してくれる人も見つかった。それと、がむしゃらに貯めた金を合わせて、かなえは東京郊外のファッションビルの中に、猫の額ほどの小さな店を借りた。

手を伸ばせば、すべてのものに手が届いてしまいそうなほど小さなスペース。試着室とレジがひとつ、残りの壁を埋め尽くすように、自分が魅了された下着たちを並べた。

最初は、自分ひとりで店番をした。

昼食は、客がいない時間を見計らって、試着室で菓子パンやおにぎりを口に押し込んだ。

トイレに行く暇がなくて、膀胱炎になっても幸せだった。

そこはかなえが自分で勝ち取った、自分のための場所だったから。

最初の一年は赤字続きだった。それでも歯を食いしばり、貯金を切り崩しても、新製品を仕入れた。選べなければ、女性は納得しない。小さな店でもある程度の品揃えは必要だ。

重い荷物を載せて、坂道で自転車を漕いでいるような気持ちだった。

このまま、売り上げが増えなかったらどうしようかと何度も思った。この場所を失うことなど考えたくなかった。

荷物が少しずつ軽くなりはじめたのは、二年半ほど経った頃だった。

売り上げをそのまま仕入れに回せるようになり、やがて、ひとりでは接客が追いつかなくなってきた。

同じビルの中のアクセサリーショップが撤退するのを見計らって、店を移動させた。何倍も広くなった店で、従業員をふたり雇った。ようやく、ファッションビルの定休日以外にも休めるようになった。

常連客も増えて、売り上げも安定するようになった。

だが、そこで息をつくことなどできなかった。何かに突き動かされるように、かなえはオリジナル商品の開発まではじめてしまった。

狭いマンションの一室を借りて事務所にし、デザイナーとパタンナーと契約した。

さすがにブラジャーなどは特別な技術がいる上、パーツの数も多い。しかも幅広いサイズに対応しなければならない。

日本の女性のサイズでメジャーなのは、アンダー70か75のBカップやCカップ。だが、それだけ作るという気にはなれない。最低でも、AとDは作らないわけにはいかないし、最近は華奢《きゃしゃ》な女性も多いから、アンダー65だって珍しくはない。とても小さな店が手を出せるような商品ではない。

作りたかったのは、オリジナルのナイティだ。

ナイティならば、身体にぴったりしたものではないから、MとLを作れば充分だ。フランス製やイタリア製のナイティは、あまりにもセクシーに過ぎる。

完全に服の下に隠れてしまうブラジャーやショーツならまだしも、ナイティは家族に見られるから、あまりセクシーなものでは抵抗がある女性がほとんどだろう。

かといって、だぼだぼのパジャマというのもリラックスするのにはいいが、商品として魅力のあるものではない。

ジャージや、Tシャツに短パンというのも、大人の女性のナイティにはふさわしいとは思えない。

上品で、着心地がよくて、セクシーに過ぎず、そして大人の女性が着てもおかしくないナイティを作りたいと思ったのだ。

店が終わってから、デザイナーやパタンナーと徹夜で打ち合わせをした。

素材はシルクとコットン、夏には麻などの天然素材にこだわること。シンプルなデザインにすること。身体をなるべく締め付けない作りにすること。

基本ルールをそう決め、デザインを出し合った。

個人の好みがあるから、ワンピースタイプのものとパジャマタイプのものがそれぞれ必要だし、季節によっても商品は変えていかなければならない。

しかも、どこにでもあるようなものならば、あえてオリジナルで作る必要はない。どうしても大手メーカーが作るものより、割高になる。ならば、少し高くても欲しいと思わせる商品にするしかないのだ。

満足のできるものが完成するまでには、一年近くかかった。

幸い、店の方は客足も売り上げも落ちることはなかった。売り上げが増えれば、その分商品を増やしてしまうから、かなえ自身の収入はそれほど増えたわけではなかったが、それでも仕入れのお金に困ることはなかったし、不安で眠れない夜もずいぶん少なくなった。

下着には流行はほとんどない。シーズンが過ぎたからと言って値下げしてまで売る必要はない。もちろん、ファッションビルのバーゲンはかき入れ時でもあるから、バーゲン商品は出す。

　主に値段を下げるのは、サイズバリエーションが少なくなったものや、ショーツやブラジャーの片方だけが売れてしまい、セットアップできなくなったものだ。

　オリジナルのナイティは、四種類作った。

　一着は、Tシャツを長くしたタイプのワンピース。だが、胸元での切り替えで上部だけに平織りのシャツのような生地を使った。一見、シャツとワンピースを重ね着しているように見えて、ネグリジェの印象が少なく、しかも身頃は伸縮性のある生地なので、身体を締め付けることがない。

　もう一着は、チュニックと七分丈のパンツを合わせたシルクのパジャマ。これは、あえてパジャマらしからぬ、華やかなテキスタイルを使った。チュニックは柄物で、パンツは黒無地というのも、こだわりのひとつだった。

　残りの二着は、白いコットンレースを使ったロマンティックで女性らしいネグリジェと、そしてパジャマだ。

　汚れやすくて実用的とは言えないが、美しさを追求したナイティも作りたかった。どちらも透け感だけは少なくして、清楚な雰囲気を出すように努力した。インポートものでもこの手のデザインはあるが、肌が透けることがあって、日本人にはやはり抵抗がある。

店に出したナイティは飛ぶように売れた。雑誌に紹介されたこともあって、遠方から電話で注文をする人まで現れた。

工場の生産が間に合わずに、急いで生地の追加注文を出し、生産を急いだ。倒れそうなほど忙しくて、食事をする時間もなかったが、それでも日々は充実して、世界全体が眩しかった。

世界は熟れた果実のように、かなえの手の中に落ちてきた。

自分の愛した美しいものを、たくさんの人が求めてくれる喜び。仲間たちと力を合わせて創り上げたものが評価されるという高揚感。

それが、積み重なる疲労まで帳消しにしていた。

宣告を受けるその日が訪れるまで。

その前に、人間ドックを受けたのは四年前だった。

二年に一度は受けたほうがいいと聞きながら、忙しさにかまけて先延ばしにしていた。

なにより、マンモグラフィが苦痛だった。バリウムも好きにはなれないが、マンモグラフィの気絶しそうな痛みに比べれば、大したことではない。

かなえの乳房は小さくて、そして固い。

それをふたつの板に挟み込まれて、伸ばされるのだ。歯を食いしばっても声が出そうなほど痛い。

店の常連の、クリームが詰まったような柔らかくて豊かな乳房を持っている女性は、マンモグラフィの話になったとき、けろりとした顔で、

「痛い、痛いと聞いたから、覚悟していたけど、ちっとも痛くなかった」

と言ったから、個人差はあるのだろう。少なくとも、かなえにとっては、たまらなく苦痛を感じる検査だった。

マンモグラフィの前に医師の触診があった。

かなえの乳房を撫で回していた若い男性の医師は、眉をひそめた。

「ここにしこりがあります」

「え？」

乳癌の自己検査はときどきやっているつもりだった。風呂上がりに、乳房にしこりがないか触る程度だったが。

だが、医師が今触れているのは、左乳房というよりも腋に近い部分だった。

「すぐにマンモグラフィを撮りましょう」

そう言われて、マンモグラフィを受けた。

その後、細胞診検査の結果が出るまで、ひさしぶりに胃の痛い日々が続いた。いろんなことを後悔した。無茶な生活ばかりしていたことも、ろくな食事を取らなかったことも。

初詣すら行かなかったのに、近所の神社に出かけて手を合わせて願った。

どうか良性でありますように、と。

もし、良性だったら、これからは自分の身体をちゃんといたわることにしよう。食事にも気をつけて、無茶なことばかりせずに、適度に休みながら、仕事を続けよう。

自分に何度も言い聞かせた。大丈夫、こんなに頑張ってきたんだから、神様はちゃんと見てくれている、と。

いきなり神頼みをされたって、神様も困っただろう。それに今までだって、神様に見放されてきたわけではない。

店も軌道に乗り、スタッフにも恵まれた。オリジナルのナイティも成功し、すべてはうまくいっていた。神様はかなえに充分すぎるほど幸運を与えてくれていた。

結果は悪性だった。

スタッフの二人は、胸を張って言ってくれた。

「わたしたちでちゃんと店は守っていきますから、心配せずに治療に専念してください」

彼女たちが信頼できる人柄で、そしてなにより、かなえと同じくらい下着が好きだということは、もうわかっていた。

急いでもうひとり、アルバイトを雇って、店は彼女たちにまかせることにした。

身内に言うのがいちばん気が重かった。

父は、その一年前に脳溢血で死んでいた。倒れたと聞いて、急いで帰ったが間に合わなかった。

仕事が一番忙しい時期だったから、通夜と葬儀にだけ出て、すぐに東京に戻ってきた。

父のいきなりの死がショックだったのか、母は一年で、めっきり老け込んでしまった。十歳も年を取ってしまったかのようにしぼんで小さくなった。

そんな母に、これ以上心労をかけるのがつらかった。

とりあえず、弟に知らせた。

弟は、すでに結婚して、川巻で小学校の教師をやっていた。両親が望んだとおりの人生だった。

乳癌になったから、しばらく入院して、手術と抗癌剤治療をする、と言うと弟の浩樹は絶句した。

「姉ちゃん……無理ばっかりするから……」

「うん、そうだよね」

自分でもわかっている。

「なんか、力になれることはあるか？」

そう言ってくれるのはうれしいが、今のところはなにもない。

「大丈夫だよ」

おそるおそる、言ってみる。

「それで……お母さんには言わないでおいてほしいんだけど……」

弟は一瞬黙って、呆れたような声を出した。

「それは無理だろ。常識的に考えて」

「だよね」

ためいきが出た。浩樹のことばの方が正しい。

下着屋をはじめて失望させたことは、親不孝をしたとは思っていない。だが、こんなふうに病気になって心配をかけるのは胸が痛んだ。

「まあ、すぐに死ぬとか、そういうんじゃないからさ」

そう言うと浩樹は怒ったように言った。

「当たり前だろ！」

彼とは七歳も離れている。かなえが大学のために上京したときにはまだ、頰の赤い小学生で、それからは年に、二、三度しか会ってない。

浩樹のことをよく理解しているとは言い難い。

それでも、身内なのだと思った。


抗癌剤を投与されると、全身から血が引いていく気がする。

この薬は癌細胞を攻撃するのと同時に、普通の健康な臓器にもダメージを与える。当然だ。戦争だって、軍事施設を狙って攻撃したとしても、一般人や子供にだって被害はある。

そう、これは戦争なのだ。かなえが勝つか、癌細胞が勝つか。

そう考えて、土石流のように押し寄せてくる吐き気に耐えた。全身が悲鳴を上げていた。

おぼつかない足取りで、ベッドに戻り、ぱたんと倒れ込んだ。そしてまた眠る。

夜になれば、眠れなくなることはわかっていたけど、眠らずにはいられなかった。

なにか気配を感じて、目を開けた。

母が、側の椅子に座って泣いていた。握りしめたハンカチは、すでに涙でぐしょぐしょだった。

母は、かなえの顔をじっと見て言った。

「罰《ばち》が当たったんだわ」

なにを言われたのかすぐにはわからなかった。母はもう一度繰り返した。

「罰が当たったのよ。あんたが自分勝手なことばかりしているから」

そのあと、どんな会話を交わしたのか、かなえは少しも覚えていない。

覚えているのは、母が帰った後のことだ。だれにも見られたくなくて、ベッドのまわりのカーテンをぴっちり閉めて、枕に顔を埋めて泣いた。

どんなに声を殺そうとしても、嗚咽《おえつ》は喉の奥から漏れた。

泣きたいほど悲しいことなら、何度もあった。ファッションビルの経営会社が、若い女だと馬鹿にして、不利な契約を結ばせようとしたこと、商品を紹介してほしくて、宣伝にまわった先で、セクハラまがいの扱いを受けたこと。

だけど、そのどれとも違う感情だった。嗚咽が止まらないことなんて、生まれて初めてだった。

母から自由になって、もう十五年以上経っている。呪縛なんてないと思っていたのに、なぜ、母のたった一言がこんなに自分を傷つけているのかわからなかった。

感情は喉からも目からも鼻からも流れ出し、自分など液状になって流れて消えてしまう気がした。

自由に生きてはいけなかったのだろうか。

好きなものを手の中に集めて、それに酔いしれていてはいけなかったのだろうか。

少し離れたところにいる自分が、笑っている。

——そんなはずないじゃない。

両親の望む娘のまま、地元で教師にでもなって、子供でも産めば、癌にはならなかったのだろうか。そんなわけはない。そんな馬鹿な話なんてない。病気は罰なんかじゃない。

理性ではそうわかっているのに、なぜか母のことばは、心臓にしっかり爪を立てて、かなえを苦しめた。

たぶん、かなえが泣いていたことは、看護師さんたちも気づいていたのだろう。消灯時間が過ぎてから、ひとりの若い看護師さんがやってきた。かなえは泣くのをやめて、ぺらぺらのタオルで顔を拭った。いくら泣いていないふりをしても、目は真っ赤に腫れていただろうけど。

「水橋さん、よかったら眠れる薬も出せますよ」

そのことばに首を振る。

「大丈夫です」

痛みから逃げるつもりはなかった。痛くてもそれを見つめたかった。傷口を開いて、凝視したかった。

看護師さんは少し立ち去りがたいような顔をして、かすかに腰を浮かせたまま、かなえを見た。

ふいに思い出したように言う。

「そうだ。水橋さん、いつも素敵なパジャマ着てらっしゃいますよね。他の部屋の患者さんからときどき聞かれるんです。あの人のパジャマ、どこに売ってるのかしらって」

かなえは、はっと自分のパジャマに目を落とした。

淡いブルーの胸元に切り替えのあるワンピースタイプ。

かなえが作った、オリジナルのナイティだった。

手術を終え、退院した。抗癌剤治療はしばらく、通院で続けることになった。

かなえが入院した病院には形成外科はなかったから、乳房再建は、別のところで行うことにした。

最初に、真っ平らになった左胸を見たときには、喉の奥がひくりと震えた。

想像では、もっとそこはなまなましい傷口になるのだと思い描いていた。なのに、傷口は考えていたよりもささやかで、ただ平たい皮膚になっていた。

生まれたときから、ずっと平たいままだったようにすら見える。

すかすかになったブラジャーの中に、プロテーゼと呼ばれる、乳癌患者用のシリコンのパッドを入れた。

これまではブラジャーで、柔らかい胸のラインを作ることに苦心していた。

これからは自分の皮膚を引っ張って、新しい乳房を自分の意志で作る。

服の上から見れば、それは生まれついたものとほとんど変わらなく見えるだろう。でも、まったく違うことを、かなえは知っている。

髪はまだ抜け続けているから、ウィッグと帽子をかぶって、ときどき店に出た。

だが、それよりも真っ先にやりたいことがあった。

前あきのナイティを新しく作ること。

これまで、かなえが作ってきたオリジナルのナイティは、どれも上からかぶるデザインだった。入院中は、パジャマ姿で診察を受けることになる。前あきでないと、全部脱がなければならない。

レースをたっぷり使ったロマンティックなナイティと、それからシンプルなチュニックタイプのナイティに、前あきのデザインを取り入れた。

乳癌患者用のブラジャーやプロテーゼを扱うメーカーに連絡を取り、それも店で取り扱うことにした。

他にも、下着っぽさの少ないデザインのショーツなども作るつもりだった。病院ではショーツを見せなければならない状況がたくさんあった。病気になんてならないほうがいい。だが、病気にならなければ見えないものがあるのもたしかだ。

もうひとつ、はじめたのは本格的な通販業務だ。

もともと、地方在住で、わざわざ東京に出てきてくれる常連客や、通販の問い合わせなどは受けていた。

だが、ブラジャーはフィッティングが一番大切な商品だ。それを思うと、本格的に通販をするのには抵抗があった。

しかし、病気になれば店までやってこられない人もいる。そんな人にもきれいな下着やナイティは、少しだけ気持ちが晴れるきっかけになるのではないだろうか、そう思って一歩を踏み出すことにした。

少しは予想していたが、通販は考えていた以上に当たった。

高価なブラジャーやショーツの出足はゆっくりだったが、ナイティは毎日あちこちから注文があった。ウェブサイトが寂しく見えるから、デザインもたくさん増やした。ナイティだけではなく、ブラジャーやショーツを注文してくれる客も、日増しに増えていった。

店舗業務の合間に通販業務をするのでは追いつかなくなり、通販業務専門に人を雇うことを考えなければならなくなった。

発送のダンボール箱を店舗に積み上げるわけにもいかないから、よそに倉庫も借りなければならない。

ちょうどいい場所を探している最中だった。

浩樹から電話があった。

「お袋が倒れた。くも膜下出血だ」

すぐに駆けつけた病院の一室で、母は小さくなって眠っていた。

もともと細身だった身体は、まるで肉が削げ落ちてしまったかのように華奢になり、皮膚はかさかさに乾いていた。

同居していた浩樹の妻が早く気づいたため、命に別状はなかったが、左半身に麻痺が残ると聞いた。

それを聞いたとき、かなえは無意識に自分の左胸に手を当てていた。皮膚を伸ばして引っ張って、中にシリコンを入れた人造の乳房。

母の容態が落ち着くと、浩樹に病院の喫茶室で話を切り出された。

「介護のことだけど、姉ちゃんも手伝ってくれないかな。由美香にだけまかせるのは、どうしても気が重いんだ」

浩樹の妻である由美香は専業主婦だ。浩樹が仕事を辞めるわけにはいかない。

これまでも、由美香は母と同居して、母の面倒を見、母のわがままにつきあってきた。浩樹がそう言うのも当然だと思う。

「どうしても帰ってくるのが難しいなら、金銭的な援助でもいいから」

「それはもちろん……」

だが、かなえは考えた。ヘルパーを雇うお金を出したとしても、由美香の心理的負担まではなくならないだろう。

そして、由美香は浩樹の妻だが、母の娘ではない。

「お金はもちろん払うわ。でも、他のこともう少し考えさせて」

正直なところ、リンパ節を切除したことで身体は前のようには動かなくなっていた。

重い荷物を持てば腕がむくむし、長時間労働にも耐えられない。

最近では、店は従業員たちにまかせて、奥で通販業務を中心にやるようになっている。だが、一方で、今まで通り客と直接話をして、フィッティングをして、ブラジャーやナイティを選びたいという気持ちも捨てられなかった。

たぶん、そろそろ自分の周囲も見直さなければならない時期だった。

なにが必要で、そしてなにを切り捨てていくか。

かなえの手に持てるものは限られているし、これからどんどんその器は小さくなっていく。

無尽蔵に欲しいものに手を伸ばしていた若い頃とは違うのだ。


川巻に帰ることにした。

東京の店は、ずっと店長をお願いしていた小西さんにまかせることにした。店名を変えてもいいと言ったが、彼女は笑って「シフォン・リボン・シフォンのままがいいです」と言った。

オリジナルのナイティも月に何度か、かなえが上京することにして、制作し続けることにした。

　そして、通販業務はすべて川巻に移すことにした。

　駅前の商店街には、たくさん空き店舗があった。ちょうど、母の昔の知人が本屋をやめると聞いたので、そこを貸してもらうことにした。

　ずっと空いていた店舗よりも、少し前まで人が働いていた店舗の方が気分がいい。ちょうど、店の二階に畳の部屋がふたつあるから、そこを住居にすることにした。

　賃貸料は、東京で通販業務用の倉庫を借りるよりも、ずいぶん安くついた。

　在庫を仕舞っておくのではなく、美しくショーケースやディスプレイに飾り付ける。開店時間は、十二時から八時までと最低限にした。トイレも店の中にあるし、これならひとりでやっていけるだろう。木曜日は定休日にして、体調不良の日は、店自体を休めばいい。

　午前中に実家を訪ね、掃除をしたり母を着替えさせたりと、介護の手伝いをする。午後からは週三回、介護ヘルパーにきてもらう。そうすれば、由美香も自分の時間が持てる。

　母から言われたことばは、まだ心の中に引っかかっている。そういう意味では母を完全に許したわけではない。

だが、許す許さないなんて、実を言えばそんなに重要なことではないのだと思う。

思い出せば、たしかに腹は立つが、それでも当たり前のように、母を着替えさせ、朝食を食べさせ、ときには車に乗せて、病院に送り迎えをする。

人は縁がなければ生きてはいけないし、身内というのは一番最初で最後の縁なのだと思う。ただ、それだけだ。

川巻の店を開いたとき、やっと自分が望んでいたかたちの店が持てた気がした。

もちろん、どこまで続けられるかはまだわからない。

ただ、自分が中学生や高校生だったとき、この店があって、毎日ショーウィンドウを見ることができれば、きっと少しだけなにかが違っていたと思うのだ。

小姑という立場になってしまうが、今のところ、由美香との関係も良好だ。サンプル品の高級ストッキングなどをときどきプレゼントし、東京に行くたびにお菓子などを買って帰る。

ただ、そんな小さな気遣いよりも、かなえが母の介護のために、川巻に帰ってきたことが、由美香にとっては大きかったようだ。

母が眠っている間、実家のテーブルでお茶を飲みながら、由美香は笑った。

「東京に行った人は、もう絶対帰ってこないものだと思ってたんですよ」

かなえは少し考え込んだ。

もし、自分が乳癌になっておらず、そして母が倒れなかったら、たぶん帰らなかっただろう。

それとも乳癌になっていなくても、母の介護をきっかけにここに戻ってきたのだろうか。

わからない。悩んでから気づく。

すでに、もう癌にならなかった人生は、かなえの人生ではなくなっている。


今のところ、再発はしていない。

二十年後に再発することもあると聞いたから、四年くらいで安心はしていられない。

それでも、この前の検診で医師は、言った。

「次からは異常がなければ、検診は一年に一度でいいですよ」

胸のあたりから、ふっと力が抜けた気がした。

そのあたりが強ばっていたという自覚などなかったのだけど、ひそかに自分は息を詰めて、胸の奥に力を入れ続けていたようだ。

絶対に生き延びたいと思っていた。病が自分を呑み込んで、咀嚼《そしゃく》しようとするのなら激しく抗《あらが》って、そこから逃げ出したい。病と戦って、どんな手段を使っても、生き延びたい。

だが、今の感覚はもっと違うものだった。

ありふれた、今日から続く明日を想像するように思う。

たぶん、自分は明日も来年も五年後も生きている。

十年後まではわからないけど、今すぐどうにかなることはない。

病の前までは、確実に持っていた、お気軽で楽観的な未来。どこかに置き忘れていたそれが、かなえのところに戻ってきた。

やはり、川巻では高価なブラジャーはあまり売れなかった。東京では飛ぶように売れたナイティですら難しい。

その分、ウェブサイトの更新やメールマガジンなどに力を入れたから、ネット販売の売り上げは増加している。店舗としては、少し歪《いびつ》なあり方かもしれないとも、少し思う。

だが、少しずつ、常連と呼べる客も増えてはいる。

近くに住む、大人しげで、それでいて柔らかくて豊かな胸の女の子や、自分の性癖を隠し続けている青年、ウェブサイトで見て、近くの市から車でやってくる女性など。

ある日のことだった。

通販のメール処理をしていると、入り口のドアが開く音がした。

「いらっしゃいませ」

顔を上げると、同世代の痩せた女性が立っていた。なんだか緊張したような、少し泣きそうな顔をしている。

彼女はなにも言わずに、ディスプレイされているブラジャーたちに目をやっていた。

もしかして、と思ったが、あえて声はかけなかった。

それでも用事をしているふりをしながら、ちらりと彼女を観察する。

ぶかぶかとしたやけに大きなフリースの上着とそれに比べて細いジーンズ。予感は確信に変わりつつある。

彼女はあまり気のない様子で、ブラジャーを見て回ると、かなえの前に立った。

「あの……サリーのブラジャーとパッドって、ありますか？」

やはりそうだ。

サリーは、乳癌の術後ケア専用のブラジャーとプロテーゼのメーカーだ。たぶん、輸入会社に取扱店を聞いて、やってきたのだろう。

「ええ、もちろんです」

サリーのブラジャーはあえてディスプレイはしていない。引き出しを開けて、テーブルの上にブラジャーを広げる。

ブラジャーのカップの中には、プロテーゼを固定できるポケットがついている。

「プロテーゼはお持ちですか」

彼女は首を振った。

「いえ……あの……はじめてで……」

かなえは、ちらりと彼女の髪の生え際に目をやった。ショートカットだが、それでもウィッグではない。

手術をして、抗癌剤治療をして、そのあと髪が伸びるまで、彼女はプロテーゼを使わずにきたのだろうか。

プロテーゼは、タイプも大きさもかなり多種に亘《わた》るから、全サイズは揃えていない。日本人の標準的なサイズのものをいくつか用意しているだけで、あとはサイズを測って取り寄せになる。

「全摘ですか？　それとも部分摘出？」

そう尋ねると、彼女の顔が苦しげに歪《ゆが》んだ。

かなえは彼女に笑いかけた。

「わたしも左胸を全摘したの。乳房再建したけど」

彼女ははっとしたような顔になった。

「部分摘出です。でも、けっこう大きく抉《えぐ》れてしまって……」

それを聞いて、部分摘出用のプロテーゼを引き出しから取り出した。

「これまでおつかいにはなってなかったのね」

彼女はこくりと頷《うなず》いた。

「もともと胸が小さいから……必要ないかと思って」

だが、大きくなくても乳房は乳房だ。服の上からもラインの違和感はわかる。他人は気づかなくても、自分ではわかってしまうのだ。そして、それが息苦しくなる。

しかも、冬ならばまだいい。これから夏が近づいてきて、服は少しずつ薄くなる。

かなえはメーカーでフィッティングの講習を受けている。

「よかったら、試着室で見せていただけますか？　フィッティングしましょ」

彼女はまた怯えた顔になったが、それでも頷いた。

試着室で、上半身を脱いだ彼女と対面した。彼女の言うように、右胸は上部が大きく抉れていた。これならば服の上から見てもわかるだろう。

持って入ったプロテーゼを彼女の胸の上にあてる。肌色のシリコンは彼女の肌に吸い付くようにおさまった。

「サイズはこれで問題なさそうね」

少し左胸より小さめだが、ひとつ大きいサイズにすると今度は左の方が小さくなるはずだ。あとは医療用のフリースパッドで調節できる。

「これは、専用のブラジャーを使ってもらうタイプです。普通のブラジャーを使える粘着タイプのものだと取り寄せになりますね」

ソフトトレースを使ったブラジャーをつけてもらい、そのポケットにさきほどのプロテーゼを装着した。

彼女が、ああ、と小さな声を出した。

ブラジャー姿でも、人工乳房をつけているとはまったくわからない。ブラジャーはうまく、彼女の乳房の欠損部分を隠していた。

今まで丸くなっていた彼女の背中が伸びて、呼吸が深くなった気がした。

スリムだから、身体のラインはとても美しく見える。かなえは微笑んだ。

「とても素敵よ」

彼女は小さく頷いて言った。

「そうですね」


商品を包んでいる間、彼女は目を輝かせて、店内のディスプレイを見ていた。

「どれもきれいですね。こんなのつけてみたかった」

「あら、別に遅くないわよ。直接胸につけるタイプのプロテーゼもあるから」

それならば、普通のブラジャーでも使える。かなえも乳房再建をするまでは、そのプロテーゼを使っていた。

包み終わると、かなえはカタログを彼女に見せた。

「水着もあるから、夏には水泳もできるわよ。取り寄せになるけど」

彼女はくすりと笑った。

「泳げないんです。手術する前から、水泳なんてしたことなかったですから」

「それでも、できないと思うより、やろうと思ったらできる方がいいでしょ」

彼女はふっと息を吐いて笑った。

「いつか、スイミングスクールにでも行ってみようかな」

もちろん、彼女が本当に行くかどうかはわからない。行かない可能性の方が多い。それでも未来は閉ざされているよりは、開かれている方がいいに決まっている。


三月に入り暖かい日が続いた。

その日、かなえの店に大きなダンボールが納品された。春用のオリジナルナイティだ。

レースをたっぷり使ったコットンの、おとぎ話に出てくるようなネグリジェとナイトガウン。前開きのワンピースタイプのものや、一見ナイティには見えない、外出着にでもできそうなシルクのパジャマ。定番のデザインの中、この春、新しく増えたデザインのナイティがあった。

薄手ジャージの、長袖Tシャツとそれからパンツ。一見シンプルで、どこにでもありそうだが、レースや透け感のあるシフォンなどをうまくあしらって、垢抜けたものになっている。

ヨガなどにも使えるのではないかと思って、作ったデザインだった。

ココア色や、花曇りのようなグレー、黒などの中から、少しくすんだピンクのものを取り出す。

かなえはそれを真っ先にレジに持っていって、商品のバーコードを読み取った。二割の社員割引のバーコードを読み込んで、自分の財布から代金を払った。

デザインを決めたときから、これを買うことは決めていた。

その日、店を閉めると、かなえは自転車で実家に向かった。

ちょうど、浩樹と由美香は食事をしているところだった。小学生になる甥っ子の大和《やまと》もいる。

「お母さんの食事、済んだ？」

「ええ、さっき。でもまだ起きてると思うわ」

母は奥の部屋で、ベッドの上に起き上がって、テレビを見ていた。

かなえを見て、母は驚いた顔になった。普段、かなえが訪れるのは午前中だ。

「新商品のパジャマが届いたの。お母さんに着てもらおうと思って」

少しくすんだピンクは、母がいちばん好きな色だった。

パジャマを見せると、母は目を見開いた。

「少し派手じゃないかしら」

「なに言ってるの。パジャマなんだからいいじゃない」

これを作るときに考えた。レースもリボンも、着るときに邪魔になる位置にはひとつもついていない。

ウエストもゆるめのゴムで、時間をかければ片手でも着られる。

半身麻痺の身体でも着られるようにするためだった。

ゆっくりと母に着替えさせた。母も着替えているうちに、そのパジャマの作りに気づいたようだった。

しかも病人用のパジャマのように、野暮ったいデザインではない。

それを着た母は、十歳くらい若く見えた。

ちょうど、お茶を持ってきた由美香が言った。

「あら、いいじゃないお義母《かあ》さん。わたしも欲しいくらい」

かなえは笑った。

「店に色違いがあるわよ。いつでも見にきて」

由美香が出て行った後、母はぽつりと言った。

「もう、あんたは東京から帰ってこないかと思った」

母の脱いだパジャマを畳みながら、かなえは答えた。

「そうね」

「乳癌になったから？」

「そうかもね」

帰らないという選択肢ももちろんあった。ただ、身内を切り捨てるのには、それなりの痛みや覚悟が必要なのだ。

しかも、痛みは一瞬ではない。切り捨てた傷はいつまでもじくじくと膿《う》み続ける。

だから、捨てないという選択をした。それだけだ。

それにもうひとつ、大事なことがある。

もう母は、かなえの上に君臨することはできない。かなえを縛ることもできない。

母はもう一度尋ねた。

「そのうち、また東京に帰る？」

「さあ、決めてないわ」

母のあのことばはまだ許していない。

だが、一方でもうわかっているのだ。母は完璧な人間ではない。

かなえが完璧な人間でないのと同じように。

第四話

店を川巻《かわまき》に移した当時は、ほとんど客はこなかった。

もちろん、それはもともと覚悟していたことだった。集客を考えるのなら、川巻になど店は移さない。

最近では、地方にも洒落《しゃれ》た店はたくさんある。カフェやレストラン、趣味のいい器の店、輸入子供服の店などは、川巻にもできていた。かなえが、川巻に住んでいた高校生の頃には、考えられなかった。

昔は、雑誌の入荷数さえ少なかったし、少しマイナーなアーティストのＣＤなどは売っていなかった。今は、清白台《すずしろだい》にあるショッピングモールに、巨大な書店とＣＤショップが入っている。

大手資本のアパレルショップの服や化粧品も、不自由なく手に入る。だが、輸入下着の店などは、東京でもある種、ニッチな店だった。下着は必需品のはずなのに、輸入下着に興味のある女性は、ほんの一握りだ。間違いなく、川巻ではやっていけない。

すでに通販業務が軌道に乗っていて、通販と実店舗を分けてもやっていけるめどが付いていたからこそ、川巻に帰ってきた。通販業務だけなら、地方でもなんの問題もないし、むしろ東京で倉庫を借りるよりも、経費は安く付く。

だが、それでも店を開いたからには、少しは興味を持ってくれる人もいると信じていた。

一日、誰も入店してくれなかったり、店舗売り上げがゼロの日が続いたりするとさすがに落ち込む。

拘束される店舗営業などやめてしまって、通販業務だけにしようかと何度も思った。通販だけならば、ゆっくりと食事時間も取れるし、決まった時間に店を開ける必要もない。掃除機をかけ、ウィンドウを磨き上げることも、毎日しなくてよくなるのだ。

だが、店を閉める、と思ったとたんに、寂しさに襲われる。

スタートも、すべてが手に届くような小さな店だった。お客さんの反応をリアルに感じられることが、いちばんの喜びだった。

店を閉め、どこか無機質な通販業務だけになってしまうと、張り合いがなくなって、急に老け込んでしまうような気がした。

それに、もしかすると若い頃の自分のような女の子がいるかもしれない。そんな子が、日々、店のウィンドウに目を止めてくれれば。そう思って、毎日ウィンドウのディスプレイを替えた。暇だという理由もあったけど。

その女性がはじめて店にきたのは、ちょうどその頃だった。

メールの返信を打っている途中に、ドアにつけたベルが涼しい音をたてた。顔を上げると、年配の女性が店内に入ってきた。

「いらっしゃいませ」

「ちょっと、見せてくださる？」

彼女はにっこりと笑いかける。年代は六十代半ばほどだろうか。髪はきれいに染められて、セットされている。よいところの奥さんといった雰囲気だ。

「どうぞ、ごゆっくりごらんになってください。なにかありましたら、お声をかけてくださいね」

もともと、あまりべったりとした接客は好きではない。選ぶときに、丁寧な接客とカウンセリングが必要な分、最初はゆっくりと見てもらうことにしている。

女性はディスプレイを丁寧に見ていった。その様子を見ながら、メールの続きを打とうとしたときだった。

「このお店、最近できたの？」

「ええ、先月にオープンしました。どうぞよろしくお願いします」

「そう、この前は、本屋さんだったわよね。なんか可愛い店になりそうだったから、どんなお店ができるのか、楽しみにしていたの」

どうやら、この女性は店員との会話を楽しみたいタイプらしい。かなえは、書きかけのメールを保存して、接客をすることにした。

「この近くにお住まいなんですか？」

「ええ、郷森《ごうのもり》の市原《いちはら》という……。ご存じ？」

「郷森は知ってますけど……」

川巻の中では山の手にあたる地域だ。そう言うと彼女は目を大きく見開いた。

「あら、あなた川巻の人じゃないのね」

「川巻出身なんですけど、大学のとき、東京に出て、最近帰ったばかりなんです」

彼女はふっと、息を吐くように笑った。

「あら、じゃあ知らなくても不思議はないわね。ご家族はいらっしゃるの？」

「同居はしてませんが、母と弟が近くに……」

「じゃあ、お母様か弟さんに聞いてみて。郷森の市原と言ったら、旧家で昔はこのあたり一帯の地主だったの。少し前まで、タクシーで『郷森の市原』と言うだけで、なんの道案内もしなくても家の前まで連れて帰ってくれたのよ。最近のタクシーは、地方からきた人が多いから、この土地の歴史も知らないけど」

「それは立派なお家なんですね。きっと、母なら知ってると思います」

接客業に必要なこととはいえ、あまりおべんちゃらを言うのは得意ではない。もっと褒《ほ》めちぎったり、感嘆したほうがいいとは思いつつ、さらりと流してしまう。

彼女は、そのまま話を続けた。たぶん、かなえの反応などあまり聞いていないのだろう。

「昔は、お買い物だって『郷森の市原です』と言えば、黙って家まで届けてくれたんだけど、今はどこもチェーン店になってしまって駄目ね。ちょっと融通利かせてくれたら、ひいきにするのに」

「そうですね。どこも合理化されて、昔の良さがなくなってきていますよね」

こういう客はときどきいる。店員をつかまえて、自慢話を聞かせるのだ。もちろん、それで気分がよくなって買い物をしてくれるなら、こっちもありがたい。友達に自慢話を聞かせるよりもずっといい。

忙しいときに時間を取られるのは困るが、こういう日ならまったくかまわない。

下着屋だから、外からは、あまり店内が見えないようにしているが、それでも活気があるかないかは、外になんとなくわかるものだ。客の気配があるだけでありがたい。

モーヴ色のブラジャーを手に取った彼女は、目を輝かせた。

「あら、これ、フランス製なのね」

「ええ、とてもソフトなつけ心地ですよ。お試しになりませんか?」

「フランス製の下着は本当に素晴らしいわよね。わたし、若い頃、ピアノでパリに留学してたの」

「まあ、素敵ですね」

「帰ってきたら日本にあるのはピンクか白かベージュの下着だけ。本当にがっくりきたわ。最近では少しはきれいなものも増えたみたいだけどね」

モーヴ色のブラジャーは、すぐに棚に戻された。黄信号がともる。

買い物ついでにおしゃべりをして、気分よくなってもらうのはいいが、ただおしゃべりで時間を取られるのは、あまりうれしくはない。

だが、この区別は曖昧だ。今は暇だから、おしゃべりにつきあう方が賢い。

「ここのお店は、本当に素敵なものがいっぱいね。あなたが店長さん？」

「ええ、そうです」

「今度、うちのお嫁さんも連れてくるわね。きっと喜ぶわ。孫も最近、高校生になった娘がいてね。そろそろちゃんとしたブラジャーも買ってあげなくてはね」

「そうですね。ティーン向けの可愛らしいものもありますよ」

イタリアブランドだが、十代の女の子ターゲットであまり高くなく、可愛らしいものがある。カナリアのようなイエローのブラジャーを見せると、彼女は目を細めて微笑《ほほえ》んだ。

「本当ね、可愛らしいし、品がいいわ」

口ぶりは自慢げだが、たしかにこの人はよいものを知っているように思える。最初に手に取ったモーヴのブラジャーも、洗練されたデザインのものだ。

本当に買う気があるのかどうかは別にして。

「それより、今日はわたしのものが欲しいわ。川巻どころか、清白台や桜落《おうらく》でも、こんな素敵なお店はなかったから」

そう言われてほっとした。少しは買う気もあるようだ。

「サイズはどのくらいですか？　お測りしましょうか？」

「いえ、大丈夫よ。C70だったと思うわ」

服の上から見た感じは、もう少し小ぶりだと思ったが、こういう数字の問題はデリケートだ。いきなり指摘しないほうがいい。

濃い翡翠色のレースのブラジャーを見せると、彼女は目を輝かせた。

「まあ、なんてきれい」

「ご試着されますか？」

そう言うと、彼女は大げさに手を振った。

「いやよ。恥ずかしいわ」

合わないブラジャーは体型を崩してしまう。若い女の子ならば、少し強引にでも試着させるのだが、さすがにこの年齢の人に、無理にさせるのは難しい。アンダーバストが七十センチ前後であることは間違いないし、きついということはないだろう。

「じゃあ、これをいただこうかしら」

彼女はさらりとそう言った。

「セットアップのショーツはいかがしますか？」

あまりカットが大胆ではないショーツを見せると、彼女はそれも気に入った。

それだけではない。さきほどのモーヴのブラジャーもまた手に取った。

「これも、わたしのサイズあるかしら」

「もちろんございますよ」

C70はボリュームゾーンだ。いちばんよく出るサイズだから、入荷も多い。

彼女はそれも、試着せずに買うと言った。

それからナイティも一枚選んだ。少し驚く。値段はすでに五万円を超えている。

もちろん、東京ではそのくらい買っていく常連はいたが、この人は今日、ぶらりとこの店に立ち寄ったのだ。

彼女が選んだ商品を、それぞれ薄紙に包んで、きれいにラッピングした。安いものではないから、プレゼント以外のものもラッピングするようにしている。

ラベンダー色のリボンをつけて、紙袋にしまい、会計をしようとしたときだった。

財布を出した彼女が言った。

「あらやだ。クレジットカードを忘れてきたみたい。そう言えば昨日、お嫁さんに貸したんだったわ」

「お取り置きしておきましょうか？」

「そうね。また明日にでもくるから、置いといてくれる？」

彼女はさらりと言った。

「市原さんでしたよね」

「ええ、そうよ。明日、買い物のついでにまた寄るわ」

電話番号を聞こうかと思ったが、機嫌を損ねそうな予感がしてやめた。商品自体はここにあるのだから、もし、彼女がこのまま現れなくても損をすることはない。

「じゃあ、次はお嫁さんや孫も連れてくるわ」

「ええ、よろしくお願いします」

かなえは名刺を渡した。

「もし、いらっしゃるのが遅くなるようでしたらお電話いただけますか?」

「わかったわ」

彼女はそれを小さなバッグにしまって、店を出て行った。

それっきり電話さえなかった。


『郷森の市原』のことは、義妹である由美香に聞いても知らなかった。

「ううーん、そりゃああのあたり、大きな家はたくさんあるけど、一軒一軒までは……」

翌日の午前中、母の介護を手伝うために、実家を訪れた。

東京の店から送ってもらったパウンドケーキを渡すと、由美香はそれを切って、紅茶を淹れてくれた。

それを飲みながら、昨日の女性のことを話す。

「旧家とか、歴史のある家とかは、たぶんあるんだろうけど、わたしたちくらいになると、ほとんど関心はなくなってるんじゃないかな。同級生や友達にそこの家の子がいると、また別だけど」

由美香は、川巻で生まれて川巻で育っている。かなえよりも、五つ年下である。由美香が知らないということは、由美香よりも下の世代もたぶん知らないだろう。

由美香は栗のパウンドケーキをフォークで切り取って、口に運んだ。

「田舎も変わってきてるんでしょうね。昔はコミュニティがもっと強固だったから、あそこの家が大きいとか、古いとかそんな話も出たでしょうけど、今はそれほどでもないし」

それに、昔はお金持ちの家に直接雇われている人も多かった。

地主と土地を借りている者という関係もあっただろう。だが、今は農業をやっている人たちは、たいてい自分の土地を持っている。

「会社経営でもやっていて、従業員をたくさん雇っているというのでもなければ、今は影響力なんかないんじゃないかしら」

「そうね」

かなえは相づちを打って、紅茶をひとくち飲んだ。

甘いリンゴの香りは、フランス製の輸入紅茶だ。清白台のショッピングモールまで行けば、こんなものも手に入る。

なにかを思い出したのか、由美香が笑った。

「でも、昔は憧れたなあ。どうして自分はお金持ちのお嬢様じゃないのか、と不満で仕方なかった。ピアノやバレエも習いたかったし、私立の女子校にも行きたかった」

そういえば、隣の市に私立のお嬢様学校があって、川巻からも通っている人がいたことを思い出す。その話をすると、由美香はくすりと笑った。

「あの学校、もう共学になったんですよ」

「えっ、嘘」

あまりに驚いて、かなえは何度も瞬きをした。

ときどき見かける青いラインのセーラー服を、ひどく眩しいと思っていた。自分たちが着ている地味なブレザーと見比べて、いつもためいきをついていた。

あの制服を着ている女の子たちの足取りは、いつも軽やかで、自分たちとはまったく違う未来が開けているように見えた。

その場所がもう変わってしまったのだと思うと、自分の出身校がなくなったのと同じくらいのショックを覚える。

「このあたりは子供が減っているから、女子校じゃもうやっていけないんだと思いますよ」

「そうなんだ……」

東京に住んでいたときは、都会の変化の速さに、いつもくたびれていた。何年住んでも、ずっとお上りさんの気分が抜けなかった。

都会の華やかさと自由を心から愛してはいたけれど、もう少し変化が緩やかでもいいのに、と思っていた。

そのときは、自分の故郷は変わらないのだと勝手に思い込んでいた。

だが、田舎だって変わっていくのだ。もしかすると、都会よりももっと劇的に。

二週間待って、かなえは取り置きされた商品を棚に戻した。

損をしたわけではない。もともと、暇だった時間だし、商品を持ち逃げされたわけでもない。

ラッピングと、それから外してしまった値札をつけ直すだけの話だ。通販の返品、交換作業もあるし、その程度は日常のルーチンワークだ。

だが、なんとなく、からかわれたような不快感は拭えない。

冷やかしが、その後購買に繫がることはあるから、接客して買ってもらえないことはなんとも思わない。だが、買うふりをして、消えてしまうというのは少し悪質だ。買う気がなければ、「また今度」と言って立ち去ればいいのだ。かなえは無理な接客はしていない。

「旧家である郷森の市原」というのも嘘かもしれない。よそ者だと思って適当なことを言ったか、市原という旧家はあっても、それを騙《かた》ったか。

まあ、それほど引きずるような事件ではない。

だが、それから一ヶ月後、またあの女性は現れた。

「こんにちは。見せていただいてかまわないかしら」

しれっと、当たり前のような顔で入ってくる。一瞬、顔が似ているだけの別人かと思った。

　思わず言った。

「市原の奥様でしたよね」

「あら、覚えていてくださったの。うれしいわ」

　少しも悪びれない口調に、かなえも苦笑した。

「このあいだはごめんなさいね。あれから急に体調を崩して、ちょっと入院してたの」

「まあ、それは大変でしたね。もうよろしいんですか？」

「ええ、もうすっかり。いやね、年を取るとあちこちに不調が出てきて」

　そういう事情なら仕方がないかもしれない。かなえは警戒心を少し解いた。

　今日も彼女はこぎれいに髪をセットしている。小脇に抱えたクラッチバッグも、年齢には少し不釣り合いなほどおしゃれだ。

「今日はね、もうすぐお嫁さんの誕生日だから、寝間着をプレゼントしようかと思ってきたの。ここ、素敵なのがたくさんあったから」

「いいですね。きっとお嫁さんも喜ばれますよ」

　ナイティのかかったコーナーを彼女は見ていく。

「これは？　フランス製？」

「いえ、こちらはうちのオリジナルになります」

「あら、そう。でも、フランス製のがいいわねえ」

フランス製のランジェリーブランドが作るナイティももちろん仕入れている。だが、関税などを含めると、どうしても高くなる。三万や四万を超えるナイティはめったに売れない。

「もしよろしかったら、お取り寄せもできますよ」

そこまでは、と言われることを予測しつつ、カタログを見せる。東京の店には高級ナイティも少しは置いてあるし、メーカーから取り寄せることもできる。

「あら、そうお」

彼女は意外にも興味を示した。言わなければよかったかな、と少し思う。

まったく信用していないわけではないけど、彼女には前科がある。取り寄せをして、キャンセルされたら今度こそ、こちらの損になる。

もともと、それほど売れる商品ではない。

「やはり、こちらが素敵ね。洗練されているわ」

店内にあるソファに腰を下ろして、彼女はカタログをめくった。

白いシルクの、スリップドレスのようなナイティや、同じ生地を使ったナイトガウン。もちろん商品としてはとても素敵だと思うが、日本の気候やライフスタイルに合うかどうかは疑問だ。東京にいたときも、主力商品にはなりえなかった。

「フランスのものはいいわね。わたし、若い頃、ピアノでパリに留学してたの。その頃は、まだ留学している人も今ほどいなかったわ」

「まあ、なんて素敵」

この前も聞いた話だ、と思いながら、それでも笑顔で聞く。

「音楽学校はほとんどヨーロッパの上流家庭の人たちばかりだったから、もうなにがなんだか。それでもみんな親切だったわ。思い出すと懐かしいわね。もう四十五年も前」

「お若いです。そんなふうに見えないわ」

それは嘘ではない。彼女は年齢の割に、こざっぱりときれいに装っている。嘘か本当かはともかく、旧家の奥様らしく見える。

「もう一度行きたいとは思っているんだけど、結婚して、子供ができてしまうとなかなか……ね。子供が手を離れると、今度は自分の身体が弱ってくるし」

「まだまだですよ。お年を召していても、海外に行かれる方なんてたくさんいらっしゃいます」

そう言うと、彼女は曖昧な笑みを浮かべた。

「健康だったらね」

はっとする。悪いことを言ってしまったかもしれない。彼女は入院していたと言っていた。

「あなたはパリに行ったことあるの？」

「ええ、旅行とか仕入れとか、ランジェリーのショーを見に行ったりとか」

どれも若い頃の話だ。癌を患ってからは、しばらく国内から出ていない。

「でもね。あの街のよさは、住まないとわからないわよ。もちろん、あの街の嫌なところも」

「そうかもしれませんね」

「本当はね。ずっと向こうに住みたかったの。ピアニストになることをあきらめても、向こうでガイドとか日本語教師になりたかった。でも、親に許してもらえなかったわ」

カタログのページはめくっているが、目は表面を彷徨《さまよ》っているだけだ。話に夢中になっているように見えた。

少女のような人だな、と思った。言っていることはどこかふわふわした自慢話ばかりで、人の話も聞いているのか聞いていないのかわからないけど、身内の悪口を言わないだけいい。

接客業をしていれば嫌と言うほど、お嫁さんの悪口も、お姑さんの悪口も聞かされることになる。にっこり笑って聞き流してはいるが、やはり悪口のシャワーを浴びると疲れる。

彼女はあるページで手を止めた。

「これ、素敵ね」

鮮やかなコバルトブルーに黄色のミモザの模様のある少し短めのナイティ。たしかに美しい商品だが、生地もシルクだから安くはない。

カタログには値段もきちんと書いてある。

「これ、取り寄せていただくとどのくらいかかるの？」

「東京の店にあると、明後日には届くんですけど、そうでないと一週間くらいはかかるかと。ともかく、本店に確認してみますね。Mでよかったんですよね」

「ええ、そう」

東京の店に電話をかけて、在庫があるかどうか聞く。電話に出たアルバイトの女の子に調べてもらうと、運のいいことにMが一枚だけ残っていた。

それを送ってもらうように頼んで電話を切る。

「ありました。明後日には届きます」

「そう。お会計はそのときでいいわよね」

かすかに黄信号が点る。だが、郵送途中の事故が起こることを考えると、先に代金をもらうわけにはいかない。商品を検品する必要もある。何枚か在庫のある商品なら、一着に難があっても別のものを売ることができるが、今回は手に入るのは一着だけだ。

「ええ、それでけっこうです。念のため、お電話番号を教えていただけますか？」

一瞬、彼女の表情が強《こわ》ばった気がした。

「ええ、でも、電話はしないで。プレゼントすることは内緒にしたいから」

「かしこまりました」

彼女の言う電話番号をメモする。

「明後日の午後に届けてもらうことにしましたので、三時以降にいらしてくださいね」

「ええ、そうするわ。きれいに包装してね」

「もちろんです」

彼女は機嫌良く店を出て行った。

かなえは、彼女の電話番号を記したメモをもう一度見た。高額商品の注文が入ったとはいえ、すぐに喜ぶわけにはいかない。

彼女には前科がある。

嫌な予感は正しかった。

その日の夜、閉店準備をしている間に電話が鳴った。

「こんばんは。今日、そちらに行った市原だけど」

「はい、本日はありがとうございました」

「実はね、お嫁さんに聞いたら、プレゼントより旅行がいいと言うのよ。だから、商品はキャンセルしてくれないかしら。ごめんなさいね」

一方的に話して、電話は切れた。

かなえは、ふうっと息を吐いた。

これもよくあることだ。だが、かなえだって人間だ。少しも腹を立てずにいることは難しい。

引き戸を開けると、奥の座敷で藤元あや子が手招きをしているのが見えた。もうビールを注文して、飲んでいるらしい。かなえは苦笑して、奥に向かった。

藤元あや子はこの商店街で、小さな呉服屋をやっている。新参者のかなえと違い、あや子の呉服屋は、五十年前から同じ場所で営業しているという。

だが、彼女は最初にきたときから、かなえに親切にしてくれた。商店街でも数少ない女主人ということで、仲間意識も感じてくれたのかもしれない。

最近では、ときどき、お互いの店が終わったあと、食事を共にすることがある。あや子の店はかなえの店より閉まるのが早いから、先にきて、枝豆でビールを飲んでいたらしい。

かなえはウーロン茶を頼んだ。病気をしてからお酒は避けている。それからふたりでメニューを見ながら、何品かの料理を注文した。

ふと、思いついて尋ねてみる。

「あや子さん、郷森の市原さんって知ってる?」

彼女は枝豆の莢《さや》を歯で扱《しご》いて、にやりと笑った。

「あら、かなえさんとこも洗礼を受けましたか」

「洗礼?」

「そ。あの人、このあたりの有名人。もちろん悪い意味でね」

お通しとして出された鶏皮の和え物を引き寄せながら、あや子は尋ねる。

「買い物にきたんでしょ。で、散々、あれこれ選んで、自慢話ばかりして、で、最後に財布忘れたとか言って取り置きさせて、キャンセルでしょ」

かなえは目を見開いて瞬きをした。

「図星だったようね」

「あの人、ほかの店でもあんなことしてるんですか？」

「どこでもってわけじゃないわよ。パン屋や米屋であんなことするわけにはいかないじゃない。まあ、被害によくあってたのはうちと、二年前に閉店した宝石屋さんかなあ。たしかに、三十年前までは上得意だったんだけどね。だからって、あのおばさんの道楽にいちいちつきあってられないっつーの。十年以上、足袋一足、半襟一枚さえ買ってもらってないんだから」

料理が運ばれてくる。魚の煮付けや、ローストビーフをのせたサラダ、焼いたハマグリなどが座卓に並ぶ。この店は小さくて店員は愛想がないが、料理は悪くない。

「じゃあ、旧家の奥さんっていうのは本当なの？」

「まあね。このあたりの土地をたくさん持っているのは事実だけど、売れるところは亡くなった旦那さんが全部売ってしまったらしいから、今残っているのは、買い手が付かないようなへんぴな場所ばかり。息子さんだって、普通のサラリーマンやってるくらいだからね。旧家ったって古いだけよ」

「そうなのね……」

「旦那さんは不動産投資とかに手を出して、アパートいくつも持ってたんだけどね。入居人との間にトラブルが絶えなかったり、設備投資をしすぎて失敗したりで、結局全部手放してしまったそうよ。大家にもセンスって必要よね」

あや子は残っていたビールを飲み干した。

「だから、あの人がきても、適当にあしらったほうがいいわよ。自慢話がしたいだけなんだから」

「話を聞いてくれる人がいないのかしら……」

キンキの煮付けをほぐしながらそう言うと、あや子は首をかしげた。

「息子さんや、お嫁さんはいい人らしいわよ。近所でも評判がいいって言ってたもの。あの奥さんだけ、頭を古い時代に起きっぱなしにしてきちゃったんでしょ」

まだ回数も少ないし、客だと思っていたから自慢話もなんとも思わなかったが、もし身内で毎日のように繰り返されたら、たしかににこやかに聞くことは難しいかもしれない。

「でも、すごいわよ。あの奥さん。わたしにはもう顔を知られていて、接客してもらえないことがわかってるから、店の前を素通りだけど、ほら、杉本さんいるでしょ」

あや子の店の従業員で、まだ二十代の女の子だ。

「彼女がうちに入って、はじめてひとりで店番まかせたときに、ちゃっかり店にやってきて、接客させてるのよ。もう三年くらいきてないから油断してたわ」

「それでやっぱり、キャンセル？」

「当たり前よ。お嫁さんのために付下げを作りたいって言って、散々反物広げさせて、あとでお嫁さんを採寸にこさせると言って帰ってそれっきり。杉本さんだって、まだ慣れてないときに頑張って接客したのに、ひどいわよね」

接客経験の長いかなえですら、からかわれたような気持ちになって落ち込む。まだ新人の女の子ならばなおさらだろう。

だが、この話を聞いて、少しほっとする部分もあった。

かなえの店の商品が気に入らなかったのか、接客が悪かったのかもしれないと、悩み続けていたのだ。

いつもああいう人ならば、かなえの責任ではない。

「なんか、可哀相ね」

「かなえさん、優しいわね。そんなこと言ってたら、つけこまれるわよ。結局、あの人は自分のことしか考えてないんだから」

たしかにそうでなければ、買うふりをして、あとでキャンセルを繰り返すなんてことはしない。暇なときはまだいいが、もし次にきても接客はほどほどにした方がよさそうだ。

「教えてくれてありがとう。助かったわ」

「お礼を言われるようなことじゃないわよ。もっと先に教えておけばよかったわね」


翌朝、少し早めに実家を訪ねた。

まだ八時前だったから、出勤前の浩樹が新聞を読みながら、朝食を食べていた。

「あれ、姉ちゃん早いんだな」

「うん、早く目が覚めちゃって」

今日は、母の入浴を手伝う予定にしていた。痩せたとはいえ、半身の動かない大人の入浴介護はひとりでは大変だ。だいたい、二、三日に一度のペースで由美香と一緒に風呂に入れている。

由美香は息子の大和《やまと》に食事をさせている。

「もし、よかったらお母さんの食事、準備しようか」

「あ、台所にだいたい用意してありますから、ご飯よそって味噌汁注《つ》いでくれたら……」

言われたとおり、台所に向かい、炊飯器の蓋を開ける。

子供の頃に母の手伝いをした台所も、すっかり由美香の好みに改装されて、南仏風のカーテンなどがかかっている。

ご飯と味噌汁を用意し、冷蔵庫から母の好きな千枚漬けを出して、食べやすく切ってから皿に移した。由美香が作ったオムレツとほうれん草のごま和えをトレイに並べ、それを母の部屋に持っていく。

「おはよう」

母は電動ベッドを起こして、テレビを見ていた。

「もうきたの。早いわね」

「まだお腹空いてない？　朝ごはん食べるでしょ」

「食欲ないけどね」

毎回のように、母は食欲がない、と言う。移動したとしても、せいぜい車いすで散歩やデイケアに行くくらいなのだから、仕方がないかもしれない。

それでも、用意した食事はだいたい食べる。だから、「食欲がない」ということばは、彼女の退屈の表れかもしれないとも、少し思っている。

椅子を近づけて、母が食べるのを手伝う。

麻痺が起こったのは左半身だから、右手は動く。嚥下《えんげ》もリハビリで、ほぼ問題なく行えるようになっている。

だから、手伝うと言ってもできる限りは自分でやらせる。

左の口の端からこぼれたものを拭ったり、食器の場所を移動してあげたりする程度だ。

母はときどき、「由美香さんは優しいのに、あんたは冷たい」と言う。

それでいいと思っている。母が逆に感じるよりもずっといい。

介護が必要になった母を見ていると、食べて、排泄して、身体を清潔に保つという、最低限の行為が、実はどれほど面倒で大変なものかを実感する。

自分が病気をする前は、「年を取ったらだれかの世話を必要とする前に、ぽっくりと死んでしまいたい」と思っていた。でも、今になってみると、それは若さゆえの傲慢さだったようにも思えてくる。

困難さを想像するのが苦しいから、想像したくないから考えない。ただ、それだけだ。

昨日の夜、かなえはあや子と、話をしながら食事をした。今の母には喋りながら食べる余裕はない。格闘するように食べている。

それでも母は、ほとんどの料理を残さずに食べた。

「お茶、淹れてくるから待っててね」

トレイを下げて台所に行くと、すでに浩樹は出勤していた。大和もランドセルを背負って玄関に向かっている。

「おばちゃん、行ってきます」

「はい、行ってらっしゃい。気をつけてね」

大和に声をかけてから、食器を洗い桶の中に入れる。電気ポットのお湯を冷ましてから、緑茶を淹れた。

「お義母《かあ》さん、全部食べました？」

「うん、食べたよ」

洗い物をはじめた由美香をそのままに、急須とマグカップを母の部屋に運ぶ。

母は焼きものが好きで、湯呑みを集めていたが、左手が麻痺した今では、取っ手のない湯呑みは危なくて使えない。介護用の吸い口コップも使うが、起きて食事をするときは、母はそういうものをいやがった。

ぬるく冷ましたお茶を、母はゆっくり嚙みしめるように飲んでいる。かなえは、ベッドの隣の椅子に腰を下ろした。テレビを見ていた母が、ちらりとこちらに目をやる。

ふたりともなにも言わないまま、時間が流れた。液晶テレビの画面では、その日の星占いが流れている。

母がマグカップを置いた。

「なんか用なの」

かなえは苦笑した。相変わらず、愛想のない人だ。だが、かなえの様子がいつもと違うことには気づいたらしい。

「別に。ここにいちゃ駄目なの？」

「駄目とは言ってないわよ」

思わず、かなえは噴き出した。

「お母さん、由美香さんにもそんな言い方しないでしょうね」

「由美香さんにこんなこと言うわけないでしょ。あんただから言ってるの」

だったらいい。若いうちから、ずいぶんぶつかりあった。母がかなえを傷つけたように、かなえも母を傷つけた。

多少のぶっきらぼうなやりとりなど、かすり傷にもならない。

由美香と母はそうではない。母がそれを理解しているのならいい。

またふたりとも黙り込んで、さして興味のない芸能ニュースを見る。来週封切りになる映画の宣伝。

かなえは口を開いた。

「もし、お母さんがよかったら、映画くらいは見に連れて行けるわよ。最近は車いす席だってあるんだから」

「行きたくないわよ。映画なんか。テレビでときどき見られれば充分」

「じゃあ、なにかしたいことはない？」

母は驚いた顔で、かなえを見た。

たぶん、これまではこんなことは言わなかった。介護をしているだけで、母には充分してやっているつもりでいた。

母はしばらく黙った後に言った。

「考えておくわ」

もしかしたら、母だってそう考えていたのかもしれない。


「郷森の市原さん」が再び店にきたのは、それから一ヶ月後だった。

「こんにちは。ご機嫌いかが？」

あくまでも優雅に挨拶しながら、店に入ってくる。

「いらっしゃいませ。いいお天気ですね」

かなえも当たり障りのない挨拶をする。

だが、その日はあいにく、通販業務が詰まっていた。在庫処分のため、サイトで販売した福袋が想像していた以上の売れ行きを見せたのだ。

下着の福袋だから、サイズも細かく区別がある。注文のあった福袋を発送した上で、追加販売のための福袋も作らなければならない。

だから、市原さんが店内を見て歩く間も、これまでのようにそばに立つことはなかった。受注確認のメールを送り、数をチェックする。

　彼女はしばらく黙って店内を見ていたが、やがて口を開いた。

「このあいだのきれいな寝間着はもう売れてしまった？」

「ああ、あれは東京の店に返しました」

　正直な話、あれは川巻では絶対に売れない商品だ。通販するにしても、わざわざ一点の商品のためにウェブページを作るわけにもいかない。東京ならば、まだ可能性がある。

「そう、残念ね。あったら買いたかったのだけど……」

　心の中で苦笑する。

　もし、店にあったら「買いたかった」とは言わないだろう。東京店に戻したことがわかっているからこそ、そう言える。

　少し意地悪な気持ちがなかったと言えば嘘になる。

「よろしかったら、もう一度確認しましょうか？」

　そう言うと、彼女ははっとした顔になった。

「いえ、何度も申し訳ないから……」

　そのまま帰るかと思ったが、彼女はまだ帰らなかった。ブラジャーを見て、ナイティを見て、スリップやキャミソールも見ている。

ためいきのように言う。

「本当にきれいね。きれいなものを見ているのがいちばん幸せ」

「ゆっくりごらんになってくださいね」

これは嫌味ではない。ただ、店の中にいるだけならいくらいてくれてもかまわない。

東京のときも、そんな客はいた。毎回、うっとりと商品を眺めて、そして帰って行く。

そんな人が、やっと一枚のランジェリーを選んで買ってくれたときは、飛び上がりたいほどうれしかった。

下着は必需品で、消耗品だ。だが、たぶんかなえが売っている下着はそうではないのだと思う。一部のお金持ちや、下着好きの人にとってはこの店にある下着も必需品で消耗品だし、その人たちがいなければ、店はやっていけない。

だが、普段はもっと手頃な値段の下着をつけている人が、たまにこの店を訪れて買っていくものには、もっと違う意味がある。

男性のためや、セックスのとき、見せるためだけだとは思わない。

官能的なだけの下着ならば、安く売っている。普段、下着を目にしていない男性にはたぶん違いはわからない。

それがなんなのかは、長年、下着を売り続けても、わかるようでわからない。自分だけの楽しみだとか、女に生まれた喜びだとか、無理に名前をつけようとしても、大切なものはそこからこぼれ落ちていく。

彼女が、下着を見て、楽しんで帰って行くのなら、いくら冷やかしでもかまわない。買うようなふりをして、接客やラッピングをさせて、かなえの時間を浪費することだけをやめてくれればいいのだ。

ふいに、彼女が言った。

「これ、いただこうかしら」

顔を上げると、彼女は白いレースのキャミソールをかなえの前に突き出した。

驚いて、しばらく返事に困ってしまった。

「本当にきれいね。このレース。工芸品みたい」

すべてがレースでできたその下着は、実用的なところなどなにひとつない。汗を吸うわけでも、防寒になるわけでもなく、ただ美しく見せるためだけのランジェリー。脇は大きく切れ込みがあり、サテンのリボンだけが前身頃と後ろ身頃を繋いでいる。

儚《はかな》く、繊細で官能的な存在。

「こんなきれいなものだけに囲まれて生きていけたらいいのに」

彼女はそうつぶやいた。

「あなたは幸せね。こんなきれいなものにいつも囲まれているんだから」

どう答えようか迷い、ただ「ありがとうございます」と言った。

きれいなものだけを売っているから、きれいな人生を歩んでいるわけではない。服の上からはわからないが、裸になれば、再建した乳房はやはり違和感がある。温泉の大浴場にはもう入ることはないだろうし、男性に裸を見せることも躊躇するだろう。

もちろん、それでもかまわないと言ってくれる男性に出会えば別だが、今のところはそれは夢物語だとしか思えない。

毎日のように母の介護をしていて、遊びに行く暇もあまりない。

だが、それでも自分はやはり幸せなのかもしれない。

一生を捧げるくらいに好きなものがあって、その好きなものをだれかと共有できるということ。喜んでもらう顔を間近で見ることができること。

彼女はもう一度言った。

「このスリップ、いただくわ」

また取り置きされてキャンセルかもしれないが、断るわけにはいかない。

「ありがとうございます」

そう言って、かなえはキャミソールの値札を外した。レジに通す前に、先にラッピングをする。

驚いたことに、彼女は財布の中からクレジットカードを出した。

レジに通すと問題なく使えるようだった。

カード伝票を出して、署名をしてもらう。署名を確認するためにカードの裏を見たが、カードへの署名はなかった。

少し不安に思ったが、カードに署名をしていない人もときどきいる。年配の人だから、気づいていないのだろう。

カードの名義は、イチハラミホコとなっている。問題はなさそうだ。

カードを返して、ラッピングした商品を渡す。

「どうもありがとうございました」

店の外まで出て、深々とお辞儀をすると、彼女は機嫌良く帰って行った。

その背中を、かなえは複雑な気持ちで見送った。

疑って申し訳なかった、という気持ちと、キャンセルしにくるのではないか、という気持ちが入り交じっていた。

シフォン・リボン・シフォンにはシャッターはない。もともとドアを開けて店内に入るという作りだから、開店準備はドアの鍵を開いて、前にオープンの札をかけるだけだ。

下着屋という性格上、選んでいるところを見られたくない人もたくさんいる。敷居を低くする必要のある店でもない。

実家から帰ってきて、店を開けようとすると、前に女性が立っているのが見えた。ちょうど、かなえと同じ年代だ。きつめにパーマをかけた髪をひとつにまとめ、眼鏡をかけている。コットンのラフなパンツをはいているから、たぶん近所の人だ。

彼女の手には、鮮やかなピンクの紙袋があった。かなえの店の紙袋だ。

ドアを開けて、会釈をする。

「いらっしゃいませ。どうぞ店内へ」

彼女は黙って店に入ってきた。

「ちょっとお話があるんですけど」

「はい？」

彼女は紙袋をカウンターの上に置いた。

「いくらなんでも、こんなものを年寄りに売りつけるなんてひどいと思わないの？」

「売りつける……とは？」

彼女が紙袋から出したのは、白いキャミソールだった。忘れもしない。半月ほど前、市原の奥さんに売ったものだ。

「それは市原様が買っていかれた……」

「そうよ。義母《はは》は無理に押しつけられて断れなかったと言っているわ」

「そんな！　無理に薦めたつもりはありません」

あのときのかなえは、接客すらしなかった。彼女が自分で選んで、このキャミソールを買うと決めたのだ。

だが、それをどうやって証明すればいいのだろう。彼女が「無理に押しつけられた」と言いはれば、まわりの人はそれを信じてしまう。

法的にはわざわざ店を訪れて買ったものには、クーリングオフは利かない。返品は買って数日のものに関してだけ受けている。半月も経ったものなら、普段は返品は受け付けない。

法的にはかなえに非はないとはいえ、やってもいないことで信用をなくすのは困る。

ふいに、目の前の彼女が驚いた顔になった。

「……かなえ?」

「え?」

「かなえだよね。水橋かなえ。覚えてない? 美保子だよ。福島美保子。ほら、高校の時一緒だった……」

「美保子!」

一気に記憶が巻き戻される。

目の前の彼女の眼鏡を取り、髪をショートカットにし、肌のシミと皺《しわ》を消し去ると、見覚えのある少女の顔に変わる。

高校で仲のよかった福島美保子だった。

「びっくりした。いつ川巻に帰ってきてたのよ」

「去年の秋よ」

「今はどうしてるの? この店、もしかしてかなえの店なの?」

「そう。小さい店だけどね」

「そんなことないよ。すごくきれいだから、気になってたの。すごい。自分の店だなんて」

「美保子は？　今なにしてるの？」

「結婚して、パートとかかな。でも、高校生の娘もいるわよ。お互い年を取るはずよね」

「でも、それはそれでうらやましいわよ。わたし、結婚もできなかったしさ」

怒濤のように互いの近況を話し合って、やっと気づく。

「え、じゃあ、市原さんって……」

美保子はくすりと笑った。ちょっと目尻の下がる懐かしい笑顔だった。

「そ、わたしの嫁ぎ先。今はわたしも市原」


店のソファに彼女を座らせて、紅茶を淹れた。

「じゃあ、店にきたあの奥さんって……」

「うちの姑なの」

「そうだったの……」

彼女の前に腰を下ろして言う。

「ねえ、本当に無理に売りつけたりはしてないの。わたしだって、あの奥さんが買うと言い出したとき、びっくりしたほどなの。これまでも二回ほど取り置きしてはキャンセルされたこともあったし」

美保子は、額に手を当ててためいきをついた。

「やっぱり、それなのね……」

「やっぱりって?」

「これまでにも何度も同じことがあったから」

「何度も?」

「そう。もう嫌になるくらい」

紅茶のカップを引き寄せて、口に運ぶ。

「結婚した当時は、百貨店の外商ね。ほら、うち昔は大きな家だったらしいからさ。それで馴染みがあった外商からいろいろ勝手に買ってたの。最初はお義母さん自身が、自分名義の土地や昔の着物やら宝石やらを売ってお金を作ってたんだけど、そのうちにそれではおっつかなくなって、当時まだ元気だった義父《ちち》が激怒して、百貨店に連絡して、外商との取引を禁止にしたの」

外商と取引できるくらいならば、年に五十万や百万ではきかないかもしれない。少し前まで、そのくらいの余裕があったということだろうか。

「誤解しないでほしいんだけど、うちは今ではごく普通のサラリーマン家庭よ。旦那だってそれはよくわかってる。もともと、旦那が子供の頃から、もううちにはそんなにお金がなかったらしいの。土地だけはあったから、そこにアパート建てたりいろいろしてたけど、もともとへんぴな場所だから、あんまりうまくいかなくて。不動産経営ってなかなか難しいのね」

前にあや子に聞いた話と同じだ。

「本当にお金があったのは、義母が若い頃までだったらしいわ。そのときまでは土地を貸したり、店をやったりしてうまくいっていたみたい。たぶん、お祖父《じい》さんがえらかったのね」

ちょうど彼女がパリに留学したと言っていた頃だろう。

美保子は頰杖をついて話し続けた。

「義父は入り婿だったから、最初は義母の浪費癖も黙認していたみたい。お嬢様育ちだから仕方ない、そのうちに現状がわかってくるだろうって。でも、いつまで経っても変わらない。だんだん、義父と義母との関係もぎくしゃくしてきた」

美保子はふうっと息を吐いた。

「かなえだから言うけどね。お義父《とう》さん、愛人の家で死んだの。心筋梗塞を起こして」

思いがけない話にかなえは息を呑んだ。

「家の恥だから言いたくないけど、たぶん、このあたりの人はみんな知ってる。義父には隠し通した愛人がいて、ずっとその人のところに通っていた。お義母さんは知らなかったみたいだったけど」

「そんなことが……」

細くて長い指を組み替えながら、美保子は話し続けた。

「それから、お義母さん、前にも増しておかしくなってしまったの。ううん、でも、もしかすると、義父が死ぬ前よりはまともになったのかもしれない。家にお金がないってことはやっとよくわかったみたいだもの。それとも、お義母さんは、お義父さんのことをすごく信頼していたのかも。自分が無駄遣いをしたって、お金を作ってきてくれると思っていたのかも」

どれも推測で、本当のことはわからない。もしかすると本人にも。

「それからはお義母さん、昔なじみの店に行って、買い物をするようなそぶりだけをして、結局キャンセルをするということばかり、するようになったみたい。そのうちに、その店から相手にされなくなると、新しい店に行ったり、遠い店に行ったり……。

何軒かから苦情を言われてわかったけど、たぶんわたしが知らない店もたくさんあるんだと思う」

たしかに、かなえも自宅に連絡までするつもりはなかった。大きな損害を与えられたわけではない。

「カードも取り上げて、お金も渡さないようにしても、あんまり効果はなかった。だって、実際には買い物しないんだもの。でも、病院や施設に入れるのも気が進まないし、わたしだって働きに出ているから、お義母さんをずっと見張っていることもできない。……ごめんなさい。こんなの言い訳よね」

「そんなことないわよ」

かなえだって、一日中母の面倒を見ることなどできない。由美香が一緒に住んでくれているから、それを助けるだけの介護で済んでいる。由美香にはいくら感謝しても足りない。

自分が美保子と同じ立場だったら、同じことしかできなかったはずだ。

「最近では、そんな話も聞かなくなったから、もう病気も治まったと思っていたんだけど、そうじゃなかったみたいね」

たぶん、もう相手にしてくれる店がなくなったのだ。

だから、かなえの店がターゲットになった。

あることを思い出してはっとする。

「じゃあ、あのクレジットカード……」

「あれは、わたしのカードなの。有効期限がきて、新しいカードが届いたのを勝手にお義母さんが見つけて、持ち出したみたい。わたしも最初はわからなかったんだけど、昨日カードの明細が届いたら、使った覚えのないものがいくつもあって、それでお義母さんを問い詰めたら」

この店の名前が出てきたということらしい。

「無理矢理、押しつけられて断れなかったって。本当かな、とは思ったんだけど、ものがものだから……お義母さんが自分で買うとは思えなかった。これまでも下着なんて買ってきたことなかったし。だいたい、和服や宝石だった」

「たぶん、売ってなかったから……」

「え？」

「昔はこんな下着は、川巻に売ってなかった。そして今も」

ショーウィンドウを見たとき、彼女の中に、パリに留学していたときのことが甦《よみがえ》ったのかもしれない。まだ、なににも不自由していなかった時代。

店を開く前、仕入れと勉強を兼ねて、パリを訪れた。本場の高級ランジェリーショップのドアを押して入った。

華やかでエレガントな内装の店内で、かなえはまるで王女様のように扱われた。次から次へと出てくる繊細なランジェリーたち。その中で好きなものを選び、試着室でそれに着替えれば、店員たちは口々にかなえを褒めそやした。

散々試着して、最後にたった一セットのブラジャーとショーツしか買わなかったが、それでも背の高い店員は、かなえの選択を絶賛しながら、それを丁寧にラッピングしてくれた。

最後に店の出口まで送られて、見送られた。自分がなにか特別な存在になった気がした。

あのときの感覚は、かなえの大事な芯になっている。小さくても、あんなふうに客を扱う店にしたかった。自分が特別な存在だと、感じてほしかった。

彼女も同じような体験をしたのかもしれない。

想像する。

その頃の彼女は、紛れもなく特別の存在だっただろう。パリへの音楽留学など、今よりもずっと難しく、お金だって何倍も必要だった。川巻では彼女のような人などいなかったはずだ。

少女のような人だと感じたのは間違いではなかった。

たぶん、彼女の時間はあのときで止まってしまっているのだ。

それから二週間ほど経ったある日、あや子が店を尋ねてきた。

「ねえ、最近市原の奥様きた?」

彼女の口に出す「奥様」には、なんとも言えない揶揄《やゆ》の空気があった。

「最近はこないけど……」

一ヶ月前、キャミソールを買って帰ったあの日以来だ。

結局、キャミソールは返品を受け付けることにした。商品にタグがついていて、着たような形跡はなかったせいだ。しばらくディスプレイなどに使用して、最終的にはサンプル品などと一緒にセールに出すことになるだろう。

「昨日、うちにきたのよ。杉本さんしかいないときに」

いつものように、買うようなふりをして反物を見せてほしいと言ってきた。杉本さんが適当に、店頭にある安価なものだけを広げると急に怒り出したのだという。

「ミホコさんの差し金だろうとか、ミホコさんが全部お金を隠しているとか言い出して、手がつけられなくなったので、警察にきてもらったのよ。てか、ミホコさんって誰よ」

「市原のお嫁さん……」

かなえのことばを聞いたあや子は目を見開いた。

「本当？」

「そう。わたしの高校の同級生だったの」

「あらまあ……でもお嫁さんがお金を隠せるわけはないよねえ。お嫁さんがくる前から、そんなにお金持ちだったわけじゃないんだもの」

「たぶん……」

あや子は目を伏せて考え込んだ。

「うちの伯母が認知症だったんだけど、そのときに似てるわ。伯母には娘がいたんだけど、その旦那を異様に攻撃しはじめたの。自分のお金を盗まれたとか、犯されそうになったとか」

「犯される？」

「ありえないわよね。伯母は七十代で、旦那はまだ四十代なのよ。でも、そんなことを近所の人とか、通りすがりの人に言いふらすので、大変だったとか。わたしも聞いたわ。いたたまれなかった」

なんて答えていいのかわからない。もしそんなことがあれば、身内の心理的負担は大きいだろう。

「まあ、そんなことがあったから、気をつけたほうがいいわよ。かなえさんとこ、ひとりだから」

「そうね。ありがとう」

ランジェリーショップという少し異質な商売のせいもあり、いまだに商店街の中では浮いた存在だ。なにかあっても助けてもらえるかどうかわからない。

だが、まあ彼女なら、たとえ暴れるようなことがあっても、かなえひとりでなんとかできるだろう。

ただ、美保子のためにもそんなことが続かないように祈るだけだ。

その三日ほど後だった。

かなえが商品の整理をしていると、ドアにつけたベルが鳴った。

「ごきげんよう。お元気？」

にこやかに入ってきたのは、彼女だった。着ている洋服はいつも通り趣味がいいけれど、なぜかピンクのウサギのついたバッグを持っていた。

染めた毛先が伸び、白髪が半分ほど出ているせいか、急に老けて見えた。

「この前はごめんなさいね。美保子さんが勝手に返すと言って聞かなかったの。ご迷惑をおかけしたわね」

「いえ、大丈夫です」

彼女はまた店内をゆっくり見始めた。かなえは少し遠くから彼女を見つめる。

ギンガムチェックのコットンのスリップを手にとって笑う。

「これ、とっても可愛いわね。孫にプレゼントしたら喜ぶかしら」

「ええ、喜ばれると思いますよ。お孫さんと一緒に、ぜひいらしてください」

彼女は口角を吊り上げて笑うと、スリップを棚に戻した。

「うちはね、昔からこのあたりの地主だったの。あなたは最近戻ってこられたから知らないでしょうけど」

「ええ、ごめんなさい。不勉強で」

「郷森の市原ですって言うだけで、買ったものも全部家まで届けてくれたのよ。昔の人は礼儀正しくて親切だったわ。最近の人たちはなんにも昔のことを知らないの」

「そうかもしれないですね」

「このブラジャーってフランス製かしら」

「そうです。向こうで手縫いで作ってるんですよ」

「本当にエレガントで素敵ね。わたしね、二十代の頃、パリに留学してたのよ。あのまま帰るんじゃなかったわ。帰ったっていいことなんかなかった」

　ふと気づいた。

　彼女の背中は小刻みに震えていた。後ろからでは泣いているのか笑っているのかわからない。

「市原様？」

　呼びかけると、彼女は振り返った。口元は笑っているけど、目は笑っていなかった。

「あなたは幸せね。こんなにきれいなものだけ見ていられるのだもの」

　かなえは黙った。どう答えていいのかわからない。

　もし、今の彼女が不幸だとしたら、それはきれいなものしか見ようとしなかったからだ。

彼女は、ブラジャーとショーツを二セット、ナイティを二枚選んだ。

「郷森の市原だから、届けてくださる？　お金はあとでまとめて払うわ」

昔はそれでなにもかもがうまくいったのだろう。彼女はいまだにその時代に生きている。

かなえは手を揃えて、深く頭を下げた。

「かしこまりました。きちんとラッピングして、お届けさせていただきます」

「そう。ここは今時珍しい、ちゃんとしたお店ね。これからひいきにするわ」

「ありがとうございます。奥様」

彼女は上機嫌で、店を出て行った。

かなえは商品を棚へ戻した。届かなかったからといって、彼女が文句を言ってくることはないはずだ。

彼女が欲しいのは、商品ではないのだから。

ただ、大切にされること。彼女はそれに飢えてきたのだと思う。

けれど、彼女は気づくことができない。

誰かを大切にすることと、それが深く繋がっているということを。


ひさしぶりに会った美保子は、ひどくやつれていた。

「もう無理だと思う」

店のソファに座ると、美保子は前置きもなくそう言った。

それがなにを意味するのかは、かなえにもわかった。

「お義母さん？」

「そう。もう限界。宝石を盗んだとか、お金を隠したと言われて、息子をたぶらかした泥棒猫と言われて……」

「病気なのよ。本心でそう思っているわけじゃないわ」

「旦那もそう言うの。でも、だからって我慢できるわけじゃない。これまでだって、いいお義母さんだったわけじゃないもの」

そう。たぶん、彼女には自分の悲しみや不満しか見えないのだ。

そういう意味では、彼女はずっと少女だったのだろう。親になったことも、祖母になったこともなく、永久に少女でいる。

「どうするの？」

「旦那と相談して、介護施設に入れることにしたわ。うちはもうお金持ちじゃないからいろいろ大変だけど、このまま自分が壊れてしまうのは我慢できない。娘だって、最近妙に不安定なの」

美保子は泣き出しそうな顔でかなえを見た。

「ねえ、わたしって冷たい？」

かなえは首を横に振った。

「冷たくないわ。だれも自分にできることしかできないもの」

もちろん、かなえだってそうだ。

通販業務が忙しくなり、かなえはひとり、アルバイトを雇うことにした。

店頭に張り紙をすると、すぐにひとり、面接を受けにきた。

近くの短大に通っている春香《はるか》という女の子だった。見覚えがあるな、と思ったら、ときどきショーウィンドウの前で立ち止まっている子だった。

「わたし、下着が大好きなんです。まだ安いものしか買えないんですけど、この店ができてから、毎日、ディスプレイを見るのが楽しみなんです。しょっちゅう、新しいものになってますよね！」

彼女は紅潮した頰で、身を乗り出してそう喋った。すぐに採用を決めた。

「まだ決めてないけど、将来はランジェリーに関わる仕事をしたいと思っています。ゆくゆくは自分のお店を持つのが夢です！」

「大変よ」

「もちろんわかってます！」

彼女の夢はそう簡単にはかなわないだろう。かなえが店を持ったときは、まだバブルの尻尾、弾けた夢のかけらが残っていて、出資してくれる人もいた。

今は夢も希望もすっかり涸れ果てている。

でも、たとえ、かなえが今若かったとしても、自分の店を持ちたいと思っただろう。それは春香だって変わらないはずだ。

難しいことは、不可能とイコールではない。

通販業務だけを手伝ってもらうつもりだったが、方針を変えて、店内のこともやらせることにした。

好きだと言うだけあって、春香は商品知識をどんどん吸収していく。明るく元気なのも接客向きだ。かなえよりも向いているかもしれない。

かなえはときどき言った。

「お客様を自分のいちばん大事な人だと思うの。もちろん、その場だけでいいから」

「王侯貴族みたいに丁寧に扱うつもりでいてね。慇懃《いんぎん》にするんじゃなくて、親しみを込めて……そうね、王侯貴族だけど大切な友達でもあるという気持ちで」

それが、決して安くはないものを売る人間の忘れてはならない気持ちだと思っている。


その日は春香が店にいる日だった。

彼女に店番をまかせて、通販業務をしていると、ドアがベルを鳴らしながら開いた。

「こんにちは。ごきげんよう」

入ってきたのは、美保子の義母だった。

い。

来週、介護施設に入るということは、美保子から聞いていた。

彼女は、にこやかに春香に話しかけている。もちろん、春香は彼女のことを知らない。

バックヤードのカーテンの隙間から観察する。

「郷森の市原ってご存じ？」

「若い方はご存じないわよね。昔の人は、みんな名前を言うだけでどこの家のことかわかったものだけど」

春香は目を見開いて、感心している。どうやら心配はなさそうだ。

「これはフランス製ね。わたし、昔ピアノで、パリに留学していたの」

「ええーっ、すごいです！　わたし絶対行ってみたいんです。しかも留学なんてうらやましいです」

「あなたもするといいわよ。あの街のよさは住んでみないとわからないの。もちろん、嫌なところもそうだけど」

「うわあ、いいなあ。本当に夢なんです」

「夢は叶えるものよ」

「本当に、そうですよね。うん、頑張ります」

「若いって、本当にいいわね」

そうやって春香に喋る彼女は誇らしげで、とても幸せそうに見えた。


次の休みの日、かなえは朝から実家に向かった。

由美香はすでに化粧と身支度をすませて、かなえを待っていた。

「ごめんなさい。遅くなっちゃった？」

「いえ、そんなことないです。あまり早く出ても時間をもてあますし……」

彼女は今日、ひさしぶりに友達と会う予定があるという。

「ゆっくりしてきたら？　わたし、今日は用事もないし、夜までここにいてもいいわよ」

「ありがとうございます。でも、やっぱり大和のことも気になるし、夕方には帰ると思います」

母の食事はすでに済ませてくれたという。

「じゃあ行きますね。よろしくお願いします」

「どうぞ、楽しんできてね」

由美香が行ったあと、かなえは台所に立ってお茶を淹れた。ぬるく冷ましたものをマグカップに注ぎ、自分用に少し熱いのを淹れる。

トレイにマグカップと湯呑みをのせて、母のいる部屋に行った。

「ああ、きたの」

母は相変わらずそっけない口調で言った。

「きたわよ。今日は由美香さんが用事で出かけるから、わたしが家にいるわよ」

それに関しての返事はない。

「水ようかん買ってきたわよ。食べる?」

「今、食べたばかりでいらないわよ。そんなに食欲はないんだから」

「じゃあ、三時にね」

母にマグカップを持たせて、自分もベッドのそばの椅子に座る。

ふたりで、テレビの芸能ニュースを眺める。

母はなにも言わないし、かなえもなにも言わない。

それでもかなえは思う。一緒にこうして並んでいれば、母がなにかを言いたくなったときに、真っ先に聞けるのだと。

解説

瀧井朝世

この可愛らしいタイトルから、ふんわりとしたおとぎ話を想像してしまった……そんな自分が馬鹿でした。考えてみれば毒もクスリも砂糖も塩も使いこなし、多種多彩な物語を生み出している近藤史恵さんが、そんな甘ったるいだけの小説を書くわけがないのだった。第一話からもう心にグサグサ突き刺さる言葉が続々登場するので、気づけば涙ぐみながら読んでおり、最後の救われる言葉に涙腺崩壊していた。第二話以降も、ずっしりとした感触の話が続く。柔らかい優しい物語世界に浸りたいと思っている方は用心したほうがいい。ただし、最後まで読めば、期待以上の充足感を得られると保証したい。

この『シフォン・リボン・シフォン』は「小説トリッパー」二〇一〇年秋季号から二〇一一年夏季号に連載され、二〇一二年に単行本化された。本書はその文庫化作品だ。とある地方にある川巻町《かわまきちょう》。隣町の清白台《すずしろだい》にショッピングモールができて商店街がさびれていくなか、唯一の書店もついに閉店してしまう。その店舗物件に新たにオープンしたのはランジェリーショップ〈シフォン・リボン・シフォン〉。なぜこんな場所に？　店と関わりを持つ人々を通して、地方都市に生きる住民たちのさまざまな思いを浮き彫りにしていく連作集。

第一話はスーパーの店員をしながら母親を介護している池上佐菜子《いけがみさなこ》、三十二歳が主人公。大きな胸を「みっともない」と言い続ける母親の呪縛によってそれが悩みとなり、いつも下を向き、地味に慎み深く生きてきた女性だ。母親の介護どころか家事すら手伝わない父親は、酔った勢いで娘を「結婚できない女」としてあざ笑うような男（許せん！）。唯一の息抜きの場所であった書店がランジェリーショップになると知り、どうせ自分に合うサイズのブラジャーなんてないだろうと思って落胆する。でも……。

第二話は、商店街で米屋を営む中森均《なかもりひとし》が主人公。まさかランジェリーがモチーフのこの連作集で、六十歳目前の男性が主人公になるとは！　均の気がかりといえば一緒に暮らすサラリーマンの息子、篤紀《あつのり》。二十九歳になるがまったく結婚の気配がなく、ついうるさいことを言ってしまうが息子も妻も反応は鈍い。そんな折に新しくできた下着店には興味津々で、口実ができたのをこれ幸いと店を訪れ四十代とおぼしき女性店長とも顔見知りに。が、息子がその店に出入りしていると知り、店長との仲を怪しむ。第一話は最後の会話に泣けたが、ここでは一三五ページ十一行目で目から水がこぼれた。

第三話・第四話は、〈シフォン・リボン・シフォン〉の店長、水橋《みずはし》かなえが主人公。東京で成功した彼女は、都内の店は人に任せ、自分は親の介護をする義妹を手伝うために故郷に帰ってきたのだ。そしてネット販売業務を手掛ける傍ら、店舗も作ったというわけだ。それまでの彼女がどのような人生を歩んできて、どんな困難を乗り越えたのか、母親とはどのような関係だったのかが分かるのが第三話。第四話では、店に通ってくるちょっと困ったご婦人のエピソードを交えて、彼女の現在の心情の変化が描かれていく。この後半の二話でもまた、何度も胸をえぐられるような思いをする。

それにしても、ここに登場する人々のなかで自分と同じ経験をした人は一人もいないのに、なぜこんなに身につまされるのか。体験は違えども、ここに描かれている感情には身に憶えがあることもあれば、「もしも自分がこの立場だったら……」と、想像するとつい感情的になってしまうものが多い。それくらい、著者の描写力が優れているということだろう。

さて、ランジェリーをモチーフにした家族の物語とも言えそうな本書だが、時代の変化が隠されたテーマになっていることを指摘しておきたい。

まず、地方都市の変化。書店の閉店、ショッピングモールと商店街の関係、米の配達希望者の減少、登場する教員一家の保守的な考え方、かつての地主一族の変化など、随所に地方のあり方の特徴的な変容が盛り込まれている。

また、複数登場する分かり合えない親子の間にも、世代的な価値観の隔たりが感じられる。佐菜子やかなえの母親が、娘にかなり刺々しいのはもともとの性格や、現在要介護状態で本人たちも精神的に疲弊しているという理由もあるだろう。ただそれだけではなく、うっすらと感じられるのは世代による人生観、そして女性観の違いだ。母親世代はおそらく、女は慎ましく男より一歩下がるもので、はやくお嫁にいくのが当たり前、専業主婦になる、あるいは実家の商売を手伝うのが当たり前という概念を植え付けられてきたのではないか。それを娘世代にも押し付けようとしているのではないか。もちろん父親の均が、息子に結婚をせかすのも同じようなものだろう。

さらにはランジェリーというものの変遷にも思いをはせずにはいられない。作品内で言及されるデザインや機能性の進化（特に乳がんを摘出した方たちのためのブラジャー）にも感心したが、実はこの物語を読んで、恥ずかしながら、自分の下着に対する考え方の古さに思い至った。もちろんこれまでに可愛らしいデザインを見つけて気分が上がることもあったが、基本的に自分は、それらを人に見られると恥ずかしいもの、あるいは性的な意味合いを含むもの、あるいは単に生活必需品という貧弱なイメージを持っていたのだ。そんな人間だったので、佐菜子の「きれいな下着を身に着けると、自分がとても大切に扱われているような気がするの」という言葉や、均がはじめて〈シフォン・リボン・シフォン〉を訪ね、商品を見た時の〈男をそそるためのものではない。もっと強烈な女の自意識のようなものを押しつけられた気分だった。〉という文章にははっとさせられた。そうした言葉のひとつひとつに触れるたび、ランジェリーは自分のためにあるもの、自分が愛でるためにあるもの、という意識が強まった。つねに肌に密着し、まさに物理的に自分にとっていちばん近い存在であるそれは、自分の味方のようなアイテムなのだと、この物語を通してはじめて意識したのだった。本書にエロティックな恋愛譚が含まれていない点も、その認識を強める後押しとなったが、それも著者の意図なのではないか。

さらにもうひとつ言及しておきたいのは、かなえのビジネスストーリーを読んで鴨《かも》居《い》羊子《ようこ》さんを思い出す人も多いのでは、ということだ。一九五〇年代に下着デザイナーとしてメーカーを立ち上げ一世を風靡、絵画や文筆業でも知られる多彩でお洒落な女性。かなえはああいうイメージかな、と思っていたら、著者が本書の刊行当時に書いたエッセイにも、鴨居さんの『わたしは驢馬に乗って下着をうりにゆきたい』（ちくま文庫）を読んだという言及があった。メリヤス素材の白い下着ばかりの時代、カラフルな下着を提案していくことは、保守的な価値観との闘いでもあったようだ。ご興味ある方はこちらの本もぜひ（『わたしは驢馬に〜』とエッセイ集『わたしのものよ』を収録した、『女は下着でつくられる』という単行本も国書刊行会より刊行されている）。

社会も、下着も、そして人の価値観も、時代とともに移ろいゆく。社会のなかで生きている限り、その時代の価値観の影響をまったく受けずに生きていくことは難しい。ただ、ずっと変わらないのは、だからといって、世の中の常識の前に自分を犠牲にする必要はない、ということだ。それよりも自分の本当の思いを優先したほうがいい。この物語に登場する人の多くは、大切にされることに飢えている。でも、真っ先に自分を大切にしてあげられるのは自分だ、ということに気づいていない（母親たちも含む）。自分が自分を雑に扱っているのに他人には大切に扱ってほしいなんて、ずいぶん都合のよい主張だ、と分かっていない。

自分は自分を大切にするべきなのだ。それはワガママでもなんでもない、当たり前のことであり、それができてはじめて、人は他者を大切にできるのだと本書はさりげなく教えてくれている。ではあなたはまず、何からはじめますか？　今ここまで読んだ方々は、みんなこう思うはず。まずは下着選びから、と。はい、私もそうします！

（たきい・あさよ／ライター）

シフォン・リボン・シフォン　朝日文庫

2015年８月30日　第１刷発行

著　者　近藤史恵《こんどうふみえ》

発行者　首藤由之
発行所　朝日新聞出版
〒104-8011　東京都中央区築地5-3-2
電話　03-5541-8832（編集）
03-5540-7793（販売）
印刷製本　大日本印刷株式会社

ISBN978-4-02-264788-7

下川　裕治／写真・阿部　稔哉
週末ベトナムでちょっと一服
バイクの波を眺めながら路上の屋台コーヒーを啜り、バゲットやムール貝から漂うフランスの香りを味わう。ゆるくて深い週末ベトナム。

チャールズ・M・シュルツ絵／谷川　俊太郎訳／ほしの　ゆうこ著
スヌーピー　こんな生き方探してみよう
なんとなく元気が出ない時を、スヌーピーたちが明るく変えてくれる。毎日がちょっとずつ素敵に変わる方法を教えてくれる一冊。

貴田　庄
原節子　あるがままに生きて
新聞・雑誌に本人が残した数少ない言葉と豊富なエピソード。気品とユーモアに溢れた「伝説の女優」の、ちょっと意外な素顔もあかす名エッセイ。

車谷　長吉
人生の救い
車谷長吉の人生相談
「破綻してはじめて人生が始まるのです」。身の上相談の投稿に著者は独特の回答を突きつける。凄絶苛烈、唯一無二の車谷文学《ワールド》！〔解説・万城目学〕

姜尚中
生と死についてわたしが思うこと
初めて語る長男の死の真実――。3・11から二年、わたしたちはどこへ向かうのか。いま、個人と国家の生き直しを問う。文庫オリジナル。

岸　惠子
私の人生　ア・ラ・カルト
人生を変えた文豪・川端康成との出会い、母親との確執、娘の独立、離婚後の淡い恋……。駆け抜けるように生きた波乱の半生を綴る、自伝エッセイ。

恩田 陸
ネクロポリス（上）（下）
懐かしい故人と再会できる聖地「アナザー・ヒル」に紛れ込んだジュンは連続殺人事件に巻き込まれ、犯人探しをすることに。〔解説・萩尾望都〕

恩田 陸／序詞・杉本秀太郎
六月の夜と昼のあわいに
著者を形づくった様々な作品へのオマージュが秘められた作品集。詞と絵にみちびかれ、紡がれる一〇編の小宇宙。

村田 喜代子
あなたと共に逝きましょう
老い方の下手な団塊世代の共働き夫婦。その夫を襲った破裂寸前の動脈瘤。病が変える人間関係をみつめた問題小説。〔解説・小川洋子〕

唯川 恵
今夜は心だけ抱いて
四七歳の柊子と一七歳の娘、美羽の心が入れ替わってしまう。仕事に学校に恋人のこと、まるで違う二人。果たして、二人は。〔解説・温水ゆかり〕

田口 ランディ
キュア
肝臓ガンで余命一年と宣告された若き外科医が、絶望の中、最後に辿りついた究極の「治療」とは。生命と医療を問う長編小説。〔解説・竹内整一〕

平 安寿子
あなたがパラダイス
独身、主婦、バツイチ。ジュリーファンの三人が老親や配偶者、ままならない自身の体と悪戦苦闘しながら繰り広げる恋心物語！〔解説・江頭美智留〕

松浦　理英子
犬身（上）（下）
《読売文学賞受賞作》

謎の人物との契約により、魂と引き替えに仔犬として生まれ変わった主人公が、愛する飼い主のために「最悪の家族」と対決する。〔解説・蓮實重彥〕

仙川　環
錯覚

結婚直前に失明した菜穂子は、まだ動物実験段階である人工眼を埋め込む。しかし、その未来に暗い影を落とす事件が……。書き下ろし医療ミステリ。

仙川　環
人工疾患

ミステリー作家のさおりが出会った、七歳の少年ユウキ。その面影に既視感を覚え、その言動に疑念を深めたさおりは、彼の生い立ちを調べ始める。

林　真理子編
10ラブ・ストーリーズ

純愛小説不朽の名作「愛と死」をはじめ、夫婦の絆、不倫などさまざまな愛のかたちをテーマに綴られた珠玉の短編一〇選。各作品に編者の解説付き。

福田　和代
オーディンの鴉《からす》

議員の自殺の真相を追う特捜部の湯浅は、彼の個人情報がネットで晒されていた事実を摑む。やがて、差出人不明の封筒が届き……。〔解説・竹内　薫〕

中島　京子
女中譚

九〇過ぎのばあさんは「アキバ」のメイド喫茶に通い、元女中の若き日々を思い出す。昭和初期を舞台にしたびっくり女中小説。〔解説・江南亜美子〕

津村　記久子
八番筋カウンシル
生まれ育った場所を出た者と残った者、それぞれの姿を通じ人生の岐路を見つめなおす。芥川賞作家が描く終わらない物語。〔解説・小籔千豊〕

柚木　麻子
嘆きの美女
見た目も性格も「ブス」、ネットに悪口ばかり書き連ねる耶居子は、あるきっかけで美人たちと同居するハメに……。〔解説・黒沢かずこ（森三中）〕

中山　千夏
幸子さんと私
ある母娘の症例
母親に縛られ囚われてきた日々を振り返る。家族を再定義する視点と、母娘関係改善のためのヒントに満ちた画期的なエッセイ。〔解説・信田さよ子〕

石持　浅海
身代わり島
人気アニメーションの舞台となった島へ集まる仲間五人。しかしその一人が、アニメのヒロインと同じ服装で殺されてしまう……。〔解説・村上貴史〕

桂　望実
週末は家族
大輔と瑞穂の夫婦は、週末限定で母に捨てられた少女・ひなたの里親を引き受ける。ワケアリな三人が紡ぐ新しい家族の物語。〔解説・東えりか〕

金井　美恵子
快適生活研究
ヘンな人間のカタログのような強烈な個性の登場人物たちに、思わず噴き出すイロニーに満ちた連作短編小説。文庫版特別著者インタビュー付き。